U0917137

火草集

郁雯 著

图书在版编目(CIP)数据

火草集 / 郁雯著. —杭州：浙江文艺出版社，2024.1

ISBN 978-7-5339-7420-6

Ⅰ.①火… Ⅱ.①郁… Ⅲ.①诗集—中国—当代 Ⅳ.①I227

中国国家版本馆CIP数据核字(2023)第221172号

责任编辑 丁 辉
责任校对 许红梅
责任印制 张丽敏
封面设计 有品堂_刘 俊

火草集
郁雯 著

出版发行 浙江文艺出版社
地 址 杭州市体育场路347号
邮 编 310006
电 话 0571-85176953(总编办)
0571-85152727(市场部)
制 版 杭州天一图文制作有限公司
印 刷 杭州丰源印刷有限公司
开 本 880毫米×1230毫米 1/32
字 数 148千字
印 张 7.75
插 页 2
版 次 2024年1月第1版
印 次 2024年1月第1次印刷
书 号 ISBN 978-7-5339-7420-6
定 价 45.00元

目　录

此刻，就在此刻

他回头看一个女孩
可能是另外一个
他脚下惊诧的一朵玫瑰
可能是另外一朵

风袭来的一团云
可能是另外一团
一个女孩眼里拉出的一串时刻表
可能是掠过的匆忙背影

2012.6.21

亮起来的黑

雨。隐藏的黑，亮起来。
水珠像麦芽糖似的黏着我
湿冷妖娆地盛开
剩余的理智，沿着崩溃的边缘叫喊
我扯着雨水——透明的塑料衣——完全地暴露

亮起来的黑，没有放肆，只会收敛
我挣扎在黑下去的亮里
可怕的变化，暴烈地不休不眠
那么，我们不再会碰面

雨，整个天空的雨。我守着恶时辰。

2014.4.26

火草，火草

鹅毛般的思绪围绕布谷鸟的叫声
飞舞，早晨在清新的回旋中
火草的背部覆着一层白绒毛
生命中的云都集聚着轻

火草，火草，坚韧燃烧的雪
揉搓成线，纺布、做衣
光阴一点点暗下去
专注的心从雾中渐渐明晰

白天与黑夜是一色的天地
火草在谜语的土壤根植
平凡的问候
火焰时间的纷飞大雪

2014.9.22

诞　生

不是为了遇见你，我才会诞生
或许就是以再次的错过来确认——
我们多么孤独

在一片淡蓝色天空的映衬下
在一棵不知名的树木恣意的伸展中
我血液的枝蔓激流般循环
寄生的身体，将我的声音逐出体外
——与日月荣光交缠，飞溅，自成一种灵魂物质

2014.12.1

恐 惧

恐惧不知羞耻地全部裸露
它面无表情地看着我
我颤抖的手指掠过它黑色的身体
那么黑，全身泥泞
它干枯的眼睛没有时光

从一条歧路上返回
误入另一条歧路
我穿过恐惧的黑色身体
翻越欲望密布的白夜
那么白，危险的前途白雪皑皑
恐惧不知羞耻地全部裸露
它干枯的眼睛没有时光

被它抚摸过的地方，多么可怕
它要我反抗，然后祭奠我的刻骨难忘

2015.1.12

九月酒吧

每一天都是九月
每一天都是夜晚的九月
每一天都是内心着了火的九月

每一天都是饥饿与疼痛的九月
每一天都是悔过与自新的九月
每一天都是内心风暴狂吠的九月

歌声与眼泪交错的九月
九月，哀悼与春天并行流窜的九月
冬的九月
梦想通往自由的九月
九月，一点点损坏了的九月
爱情的九月
光芒穿透云层的九月
尊严与耻辱对抗的九月

每一天都是九月

每一天都是逃亡的九月

每一天都是飞起来的九月

每一天，每一天的九月，九月每一天的疾病与呼吸

2015.1.16

写给你

整座山里只余下我们两个人
所有的氧气都在争夺我们
整个屋子只余下我们两个人
所有的家具都在分享我们
整个电影院只余下我们两个人
所有的幽暗都在占有我们
整条街只余下我们两个人
所有的行人都在躲避我们

我们见面的机会稀少
或者可以说，我们宁愿让机会白白地流失
我们决意遗忘——一个漫长的过程
紧密地将我们孤立于社会
所有的困难都在爱护我们
整个世界只余下我们两个人

2015.1.21

流动的镜子

夜幕低吼着垂下
她失落了湖光山色
站在公交车这辆爬行的巨虫里，玻璃窗
——一面滑行的镜子，将她的脸斑驳得像余生

镜子中冒出母亲的脸与身体
她躲闪，逃跑，又返回，相互拥抱
——一个紧急的时刻，刹车失灵——她驻扎下来
为母亲的沧桑掀开第一页

日暮时分，她失尽了湖光山色
站在公交车这辆爬行的巨虫里
母亲的灵魂浮现在她的脸上——
一面流动的镜子，消逝了前尘往事

2015.2.23

我们不是用肉体相认的

我们不是用肉体相认的
而是秘密，灵魂的迁徙
经过一次次分离
不得不用遗忘的方式来继续——
欲望的圣洁仪式

爱给予我们活着的有力机会
撤下面具，撤下繁荣排场
我们的肉体相互责问、抽打，以此唤出灵魂
还是无法进入，我们隔着厚厚的皮囊
相识是那么困难

我们不是用肉体相认的
也可能是
我们以驱逐的方法攀登对方肉体
——偶然的岸，将铭记镌刻在遗忘的风中
我们进入了多少爱
对于这个动荡的世界，我们又进入了多少悼念

还是无法告别

虽然我们的认识是那么贫瘠

2015.2.27

命运与垃圾

垃圾是无法铲除干净的
它们在世间集聚重量，集聚能量
时间也被它们堆积起来，像一座庞大的山
而后慢慢地消散，而后再累积
水一样的时间，流淌，与垃圾共生不灭

祖母没有告诉过我怎么忍耐疾病的时间
她凭着风向揣摩不测事态
她说：路很滑，容易摔跤
但这不是她格外关注的，她纳闷——
为什么要去远方？为什么要说离开？
“可不，换个地方吃饭睡觉，制造垃圾。”

至于疾病的时间，祖母不理会
她以为时间是不关乎自己的事情，因此
也就对疾病漫不经心
她的一辈子，手里始终举着一把扫帚
——那么多垃圾，与她敌对

终于她很不寻常地彻底与扫帚诀别
“可不，换个地方吃饭睡觉，与垃圾共生不灭。”

不得不怀念，面对着万物与垃圾
祖母在没有时间的远方
她不会离开
凭着风向，她继续揣摩不测事态

2015.4.3

他偷走了镜子里的一切

他偷走了镜子里的一切
赤裸的男体，嵌入不可预测的前途
雄壮肌体像一个突兀的岛屿
在镜子的白波光中凛冽显露

镜子为他点满灯，为他撒上苦难的金粉
他在牤牛河边奔跑，镜子摄录他的成长历程
他埋藏哭泣
形容消极地抢下每一天
雄壮肌体像一个突兀的岛屿
几个女性名字曾在那里筑起爱情的巢

镜子里的一切，他不以为然的全部
他欠缺把握的兴趣
有一天他会离开，像先行者们一样
去向一个陌生休息地
一件事他还未放下：沉默的喜悦
——他热爱的无畏方式，隐约着渴望

赤裸的男体上下跳跃
像凝水柱子似的飞扬着参差落寞
从洗澡间出来，镜子整个儿地装下他
他后退，急冲冲地逃脱
偷走了镜子里的一切：看得见与看不见的

镜子回到原来
一个突兀的岛屿还未尽情占据
柔软镜面泛动着凛冽的白波光

2015.4.17

回　声

好像除了写诗，不再有别的什么
陌生的语词浸入酒中
微醺了白堤秋月与苏堤春晓
体内的一些植物苏醒过来

小蓟、黄花地丁、飞蓬、益母草
都经由纯粹的洗礼醒过来
我的自然敞开了心扉
你却引来绝望，像招惹来一群黄蜂
眼睁睁看着你躲过香味的枪林弹雨
焕发另一株牡丹的无奈激情
这谈不上好坏
错落旋律盘旋着上升

没有容器可以更好地安置未来的过去
诗的成分里，陌生的镶嵌未必是创造
也许是缓解阵痛，或者隐忍落叶纷纷的空虚
你听出了我的弦外之音：怀疑的姿态

削弱优越，恢复原始可能
独立的声音甚至不求结出果实

诗就是我们的生活
你强调日常事物介入时间的能力
我赞同地面温度，认识凝结下沉的沙石
而这些，诗有它自己的说法
已经没有什么能够遮蔽你了
偶尔的示弱，恰恰灌溉了强悍
至于我，强与弱没有什么分别
我侧重解构，以及那些默默对立着的未尽之言
任何荣誉似乎都配不上自然
我也配不上既得的赞美——那是过去，那是未来的过去

2015.4.28

蜜枣粽子

蓝天挤出一道云的门缝
透着白
周围都暗了
你凸显于浮光——解开缠绕蜜枣粽子的细绳
以便与我赤诚相见

你身上的细绳与我身上的细绳
错杂着隐喻
为了敞开而包裹，为了包裹而敞开
以便与我赤诚相见
一道云的门缝，像劈开了蓝天
透着白
周围都暗了

2015.6.20

节省与浪费

提着一袋枯萎空气和一袋脆弱穿过街市
我们的胳膊相互碰撞，交换着错误的讯息
——以便让金桂香甜得准确无误

你说：高兴要省着点用
只有到了不高兴的时候，才会想到月亮的缺口
可是浪费曾经让我们那么狂热

我们不得不演出，对着面前不管是谁的谁
我们没有写好的剧本，却有血酿的情怀
你说：高兴要省着点用
可以，那么我们用点脆弱，用点枯萎的空气
一场戏错乱了一场戏

可是浪费曾经让我们那么狂热

2015.9.25

金月巷

快递员跟我说起下午在金月巷开会
金子的金，月亮的月，一条巷子
我在速运单上写下姓名和地址
给远方开掘问候的通道

“白天为了金子，晚上却看不见月亮。”
快递员的眼中有一轮向往的金色圆月
他用胶带密封包裹，一条巷子像符号
刻画着未来的肌理——
物质与理想在淤泥中扑打、飞旋

2015.12.29

过路人：甲与乙

服务员张进举给我端上干炒牛河和太妃玉米汁
倏然就消失
他年轻的形体消瘦，惊慌的神情像是天然形成
试探他的惊慌，使得他对直接面对丧失兴趣
直到他面目全非，他似乎都处于危险边缘
他再次给我递上泡椒凤爪时郁郁寡欢：
“天气很差，远处都看不见了，灰得很。”
他这么说，黯淡附着在语音后面
倏然他又消失
我推门而出，心想再也不会见到张进举
一回头却碰触到他的惊慌搅拌着倦怠，垂挂于
目送的眼帘下
沉默如雷爆炸，我们不约而同地惶恐该何去何从

2016.1.16

黑脸庞的白雪公主

白雪公主有一张黝黑的脸庞
还有一头白色的长发，那种白像春天的杨絮和柳絮
一团团地飞舞，也像雪花
皑皑地拖曳一地
镜子、苹果、有毒的梳子——符号的三个投靠者
每日每夜地跟随她，像殉道士似的虔诚、肃穆
光线里留有碾碎的脚印

七个小矮人，白雪公主提到他们的时候
局促难安，“他们长高了，比阴影还强悍。”
——这是让她脆弱的根本缘由
她细数他们的名字
像把一卷昏暗的案例从喉咙里拉出来
她雪白的牙齿磨损了脱皮的嘴唇：
“傲慢、妒忌、贪婪、暴怒、色欲、焦虑、恐惧
——他们差点压倒了我。”

白雪公主的一头白发将一座迷宫越缠越紧

她彻夜醒着的黑皮肤与混沌天地缝合着爱恨
她像一个恐吓的计谋那样直接，她的王子
以怠慢非法取缔她的贞操
镜子里的她一无是处，苹果杀死了苹果
有毒的梳子让她的白发燃烧，竖立，凶相毕露
——这个时代掠夺诚实的情感，却无法驱散荒唐余烬
七个小矮人策马掠过她荒漠般的黑脸庞
傲慢、妒忌、贪婪、暴怒、色欲、焦虑、恐惧——
他们如悲哀的旋律颤抖着下沉
白雪公主的心灵，像幻觉空间
春天的杨絮和柳絮，一团团地飞舞
芬芳越出了界限

2016.4.15

致母亲

你是一座房子
我从里面走出
你赋予我，并让我接受的礼物——
生命，以脱离证明独立
以爱的立场描写我，变化我，实现你

多年以后，我懂得我就是你
是你延展的领地
我们将在不同的年份孕育历险，破译谜语
从陡峭走向安宁，却再一次
激起波涛……我是另一个你：
隐喻里危险的那一抹，充盈着滚滚的未来
我们从不曾分离，你增多的皱纹
像航线——从哪里经过，经过谁
与谁在何时何地告别？我也在途中
与你一起，从无边的忧伤里
萃取光芒繁殖的硕果

2016.5.8

物与命

那颗脱落的牙齿再也不会回来了
它被挥动的手臂甩到房顶上
瓦片瞬间长出草，不久冬天的雪将它覆盖

他的年纪还轻，轻得可以忽略牙齿的分量
形成一个优美的抛物线之前，他站直身子
将那颗鬼怪的牙齿捏在手指间
对于这个仪式他感到厌烦，同时又生出敬畏
他不由自主地许愿：把破旧的我带走吧

瓦片瞬间长出草，牙齿的命运纷纷地坠落

2016.5.9

时间之外的少年

一张圆桌围绕着一群人
他围绕着一张圆桌歌唱
围绕着一群人不停地歌唱
“我想唱，我想唱，妈妈，可以吗？”
唱吧，一首首歌围绕着一张圆桌
一首首歌围绕着一群人
他沿着自己歌声的途径探路，他寻找
像从不曾发现似的寻找；他停顿
像从来就该有断裂的节拍似的停顿；他兴奋
像喜悦来自灵魂魔术的未知未解似的兴奋
他笑得那么明亮——黑夜都被风灌醉
——纯洁洞开了星辰
“我想唱，我想唱，妈妈，可以吗？”
唱吧，唱吧，他寻找，他停顿，他兴奋
欢歌笑语牵动另一时空的生死缘分
幻梦的箱底，往事浮现低吟：没有什么好
也没有什么不好

2016.6.1

我释放的夜是有力的

我释放的夜是有力的
裹在安宁中诞生，有时却不，不是诞生
也不安宁
是被连绵不断的黑色镜子压制而出的
险象丛生，有时像爆出的粗口
强烈的敌对与放肆
却有了大片碾碎的芬芳，意象像马群狂奔
急速和缓慢同样地大胆

夜释放的我是退却的一部分
我既是倒影，又是毒，还是温暖的脆弱

2016.8.15

雾　中

大雾中的梯田像白色的绸带环形地盘绕
一个秘密打错了方向盘
我们见识大山磅礴的气概，它屹立如天神
每一棵树都被孤独沁润，因而惊心动魄
炊烟与游来的几朵淡墨色的云交头接耳
鸡比狗叫得欢，声音多变，叹息如啼哭

正从我手指间流过的时间，看似虾米般大小
其实庞大，快速，节奏如锣鼓紧鸣——
一个仪仗队的声势翻山越岭
“我以为”之外的事物
——一簇簇燃烧，一遍遍在祭奠中沉寂
漫山遍野的芦苇歌唱着，如悲泣

痛苦是永恒的
不是这种，就是另一种

2017.1.4

你认识我吗

我爱你的时候

你不一定认识我

肉体与肉体的娴熟来往，不代表灵魂不会陌生

一旦我离开

肉体回到自我的河床上，抬起头

灵魂像星星闪烁

我的美好才自由，我的自由才贴近万物

某一天你想起我

可能会惊觉存于我们之间的微妙牵动

但那已然逝去，如果不，那么你必定

盗取了孤独的火种

你会等来另一个人，同样是燃烧想象

同样不知道对方究竟是谁

2017.2.10

暗　语

母亲喜欢与父亲说话
父亲去世之后，她也如此
早晨对镜梳洗的时候，她对父亲说：
“你怎么就走了呢，真的没想到这么快。”
午后在园子里散步，她对父亲说：
“你以为大病不会发生在你身上，唉，来了个这么大的。”
夜晚她躺在空荡荡的双人床上，形单影只
她对父亲说：“生命，你不够珍惜啊，我们的幸福
本来可以延续得久一些。”
我把封闭的门推开，母亲的脸上显露羞怯
“不知道他能不能听见呢。”

有时我也给父亲打电话，他如往常一样
声音洪亮：“女儿，你等一下，让你妈妈和你说。”
母亲走过来，喋喋不休地说起父亲的种种

2017.9.10

蓝　焰

他走来时夹着双臂的蓝
蓝焰，在他脸上描绘阿拉伯地图
垒砌的墙如电网
切割是混乱的，触摸也是
人群热烈的花园丛生孤独
他的强悍柔软可爱

他的蓝展开对话是困难的
对于蓝的无边，唯有独立的发声
渗入广阔之变
循环、往复，层层荡漾
一座岛屿在他心里私通时间

蓝的丰裕，登陆清澈的岸
但是不见底
蕴含于深沉之中
他离开时双臂的蓝在燃烧

2017.12.4

布拉格之轻

陌生完整地包围你
安静的陌生，或者说陌生本身就安静
喧哗也安静得很轻

布拉格的早晨，你躺在一张床上
你想：任何地方的一个角落，只需放置一张床
你听不懂捷克语，布拉格人民过着他们的生活
一只如你的鸟儿飞过红屋顶
恰巧在这张床上停栖
你不重要。这样并不坏，有助于你失去
附加在身上没有意义的，可笑的——
倔强与自我证明

你在个体之外飞翔
地球飘浮面前，转动，与你的关系
云朵般轻
渺小因而轻轻地拥抱你

也给予你不可承受的恍惚忧伤

2018.2.4

云上的恋人

我的恋人，是用来消耗的
肉体与肉体唱响的美一遍遍拓到云烟上
我们在一起抵抗幻觉

我的恋人打动我的那一瞬，才开始显现
新奇使得我们相互热爱，折磨，从细节里抽取欢愉
我们害怕深情——顷刻间天荒地老

我们并非你与我
是他们，我们只是假想
我们并非他们
是你与我——独特的从前，蔓延至未来

2018.2.14

所有的事物都在经过我

从这里出现，或从那里隐退
我注视的并非是我的注视
一个湖泊正在穿过我，我的波浪是它掀起的
一座山峰正在越过我，我的藤蔓是它延展的
悄然沉默的所有，以葱郁的方式打开
我的允诺是一片森林的奇观

我的局限拥有精确与反叛的面目
看见或听见我的万物，分辨并挑拣气味
我的双翼担起一个自立的法庭
陌生正在汹涌地经过我
未来在暗处，比喻不能抵达的明亮
在远方，纯洁地延绵至无限

2018.5.6

黑色情话

整座山都在为她倾泻
所有的笑都在展翅
情欲的啼鸣加速动力
夜晚，唯一的夜晚轻佻地滑翔
她几乎全心全意地推开窗
全心全意地褪去衣物
肉体呈现，如石阶的青苔发着光
她投入如海般无涯的白床单
一块礁石阻挡她，讨好她，甜蜜地撞击她
她失去了理智，双手胡乱地抓着空气
这时她看见了奇异的一幕：
蝴蝶与飞蛾充满了整个屋子
各种颜色，她说，红的、黄的、蓝的、黑的和白的
有的又大又亮，以为星星也飞了进来
她沉浸于回忆，坚决捍卫那一夜的奇迹
是的，她相信这是真实的，炫目动人
相对于此，她反而忽略了肉体的感受
灵魂穿着宽大睡袍，空荡荡的

难以从触礁似的沉沦中游回岸
没什么好后悔的，她自言自语，底色再黑
还是一个多彩的世界啊

2018.6.11

哀伤之诗

孩子问：天使在哪里
在路上，在赶来的路上
无数的红灯困住了他们

孩子问：魔鬼是什么模样
与人很像，有眼睛有鼻子有嘴
有跳动的心脏

孩子问：天使能战胜魔鬼吗
有时可以，有时却不能
正与邪的交战——残酷、冷血

孩子问：魔鬼的血是什么颜色
红色，却被黑浸染
黑不见底

孩子问：我怎么看不见
别怕，被乌云挡住了

再等一等，天使点亮星星送你回家

2018.6.29

星　空

星星铺满了夜空
像无数双睁开的眼睛
我被恐惧的亮吸进去——
对所有打开的眼睛的恐惧

我的渺小装下了整个夜空
星星在我的内部发光，争执，紧紧地
拥抱，我放下戒备，与逼视的围困和解
把一瞥一瞥的看见归于自然
星星的叫嚷渐趋和缓

一颗星星与我的眼睛相对
他温柔我，吃掉我，我的眼睛
还在分娩美，我怀疑他，创造他
我们相守着整个夜空

——为了实现满足，眼睛的星群游动

在黑暗里开垦银河，丰收翅膀

2018.7.11

灰　鹭

风雨的路途飞翔着灰鹭
低低地盘旋，泥泞的滩涂吐出贝壳与白沫
电线杆刮倒在她的怀里，她轻易当作话筒
与世界的末梢思维对话
每场台风都是她抢夺的话语权，侥幸的银针
穿过浅浅织就的睡眠，更深地刺痛欢笑
她飞快地复原成一层纱
飞舞，不像精灵，像空气中的一点障碍
像无有中的一点突兀的狡黠
追捕她的医生富有浪漫的绝望
在一回回生命的渡口，船只是他的礼帽
红丝线是他的听诊器
他窃取涣散的神思，敏感于混乱
甘心沉醉在柔软的移情里，依赖病人的
逃逸，破解学术的细密捆绑
像开掘一条少人知道的冷僻小径
与他的曼妙病人
一起漫游，从而混淆可笑的界限

一起失常，从而颠倒正确的生活
——这会使他好过一些
松开紧箍的白大褂，像一只灰鹭
围绕着她，低低地飞翔

2018.8.13

舞

一个中年女人一贯地穿着白色连衣裙
她的长波浪与墙头跳动的阳光一起洋溢芳香
一个少年在和她交谈
他的手里夹着一支香烟，挺拔的身体
向她覆盖诱惑
于是她的口气里有一只孔雀开屏
于是她的皱纹像水鸟淹没
于是她的姿态如凌霄花尽情妖娆
面对美的放肆，他的寂寞终于绽开空隙
他们谈合作——情爱的绣品，悬于空气
他为此欣喜，对即将启动的事业充满辽阔的期待
从他光亮的眼眸中看到她此刻的模样：
既强悍又柔软，非同一般，掌握着
他与世界之间的高山流水
她凑过脸，与他私语，然后轻颤着微笑
他们将一棵树的意志根植到彼此的好感中
他们进入喜欢，她发梢流动的蜜汁
给他文身，他忽然对生有了眷恋

作为旁观者，我捕捉了某些瞬间

他们没有看到我

隐形是独特的尊重

2018.8.29

他是一个化妆师

他是一个化妆师
陪我走过歪歪扭扭的街道时，他飘拂的长发
与飘拂的白衬衣，使他看上去像一个诗人
事实上他就是，他在不同的脸庞上
书写，一行一行，种植、描写，做些简单的修辞
然而热爱依然与他无关，更多的是倦怠
半梦半醒的清晨，他拨弄闯进化妆间的脸孔
像流水作业，他装扮他们，他们在他面前
没有修饰——头发蓬乱，眼角结着蜘蛛网
嘴唇干燥开裂，面色惨淡缺乏生气
他们坐下，他面对着镜子摇晃
他看见自己的脸孔，同样的丧失趣味
袭来的忧伤氤氲如幻觉
他们经过的夜梦与他所经过的途径或许不同
但都像是从中挣脱而出，以某种方式
粉饰无助或迷惘
然后进入另一层梦境——属于白日梦的一部分
属于场景与段落的切换

灯光营造的亮与他们被绘制的脸的亮
组合得风光旖旎，他却感觉怪诞

在脸庞的写作中，他无法接触灵魂
偶尔某个跃上脸庞的灵魂乍然显现
他握着手里的笔刷，捕捉光影，极力
加深痕迹，这不容易，灵魂善于躲藏
很快地消褪，孤独是一张张人面的绝唱
每一种孤独都难以被慰藉
脸孔散落着，各时各地，他被无意义喧闹
他可以坚守岗位，他不信任自己的手艺
脸孔的主人们以为他们在他的描绘下变得
更美或更突出，他想：
这是一个天大的误会，怎么可能？
脸的精神源自自我灵魂的飞跃
他勾勒的表面线条多么浅显，他们的真实
还是遮蔽着，即便以危险也难以刺探

他是一个化妆师
是一个忧郁的隐秘的偷窥者
经过多年的抹脸实战，他成为绝望的俘虏
——他极少遇见美貌灵魂

2018.9.5

关于想念

我的想念是从巨大的黑暗中萃取的
我的想念是抽象的，对于时间而言
扑入时间里的事物，犹如飞蛾扑向火
我选择爱或不爱
可是这根本是没什么分别的
变奏瞬间转换了场景，影子在水中模糊
还有什么不能混乱成一片呢

我偏偏要在无界限的流水中，用衔来的橄榄枝
划出一条清晰的线——既是立场又是岸
在向内的寻找中，不能排遣的渴望与愤怒
分泌强烈的情感——想念的蝌蚪纷纷地
游向时间，明亮酝酿着拒绝或诞生

2018.9.14

吃　爱

水波在你的眼里漂流
有时紧张，有时悠长，有时峰回路转
有时激烈地奔腾
经由光的点睛，碰撞之声色拔地而起
——玫瑰金喧闹如电，一勺勺的银白细胞出鞘
密集、冲刺，破碎
荒废成为美的歧途

你的眼睛在夜晚的水波中叠合，分娩
生出无数的眼睛，犹如疑惑的修辞
曲曲折折地奔赴答案
岛屿在注视中生成，孤单、紧紧地咬住光
吃爱，疾速地吃
不可捉摸地相互俘虏，遍及所有地交融
吃掉爱，缠绵至无有

水波的细胞不停地幻化，在你的眼里

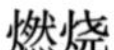

2018.10.8

一条河流

一块天空像青白色的浮木
一片空气像铁板钉钉
他站在一条运动的河流中
他的印迹遍布河流的身体
祥和的雾霭围绕着他，他不移动
水的合唱加冕孤独的王冠
他说：“我的全部都在这里。”
全部？全部的飓风涌来了——
恐龙的全部，山雀的全部，桃花舌尖的
全部，神秘暗径的全部
全部向我敞开。我不喜欢某些看见
但是我愿意再次面对他——
他站在一条飞翔的河流中
我的印迹遍布他的瞳仁
仿佛我还是那个少女——干净的面容悬挂着
疲倦，那密集的封锁的疲倦
偶尔掀起一阵风，狡黠、灿然

2018.12.15

日月静悄悄

红灯笼挂上了半空
静悄悄的红灯笼
太阳落下，月亮升起
静悄悄的日月
海的大嘴巴盛满了银色刀叉
静悄悄的狂野波涛
一条条身体如鱼扎入生死漩涡
静悄悄的命运

崭新的韵味将动词连贯成旋律
名词脱离了著名的低级趣味
仍然是静悄悄的——那是所有表述的核心
荡漾着风帆与稚语
绝响尽在无声中

2019.1.28

光芒的铃声敲响了

剖开水雾缭绕的通道
阳光热敷你的身体
透明的勇敢如此简单，不用思考
不用比喻，直接地进入一片海
——翻滚的无声世界一丝不挂
个人的暴露，属于鱼群，属于焦灼的盐
你在水的体面狂欢中
水，无限地取悦或反对你
洁白的浪花扑向礁石碎裂成伤口
热望晒干了，你饮下汁液——
经由拥有更好地放弃，水循环着
将你作为器皿；你循环着
将海的腥味加浓或放逐
而后生长成危险的另一片海

光芒的铃声敲响了
光与水的激战，在黑暗的肌肤上锻造黎明

2019.3.5

白玉兰

霞光擦亮了玉兰的脖颈
她把头抬得更高。固有的姿态
是精致的，仿佛一种天真的习惯
——性感却蠢蠢欲动

大规模的白免除了吵闹
美的无数张嘴饥渴地饮春
所有的花朵停在枝头，不再会落下
遗憾的事，从远处看，也显得娇艳

洁白的人一茬茬地来到
刹那的白，刹那的静止

2019.3.20

黑洞密令

猩红的风车扬起了绮丽羽翼
能量相互震颤，跳起华尔兹
核心无限地黑进去
不见底的洞穴，吸纳的力裹挟着众生密令
不容许道明，不容许回驳，一根面条似的你
与无数的面条，像箭镞的飞射
平行、无关，直入深渊

狂热的黑，将蓄积的电放空
鬼脸出没，无比强的微粒燃烧似火
一面焚毁，一面坠落，冷缩加速了裂变
一面不停地吃，一面急剧地吐
物质奔腾的马驹横空穿行
乱的秩序纷飞——
纠缠依旧纠缠，陌生依旧陌生
生还以消失的仪式加冕

2019.4.12

蓝镜子

缓缓沉落的安静伪造一个黄昏
伪造一棵树
伪造来回踱步的音节
铲去幻觉，伪造一个人的真实

对岸的柳树像飘带装饰着天空
繁忙的公路像河流经过对峙的高楼
一只猫在我的画布上斜睨世界
干枯的莲蓬卸下明媚的包袱

夜晚像一盆塑料花，摆在窗口
在镜子的看见中，光彩像流云
成群结队的蓝将我伪造成
亲切的所有

2019.4.18

立夏，我提起关着天空的鸟笼

阴谋的一天。我开始品尝
天空关入鸟笼
风做的衣裳锁进橱柜
蚕豆褪去皮壳
吃着乌米饭像吞下黑云

公交车上拥挤的大多数
花鸟市场鲜香的大部分
艺术画廊奇异的大局部
我开始怀疑：什么色彩在经过心灵与手指
怎样的弹奏，像薄刀片轻割我的皮肤
如果痛可以治愈的，我绝不使用恨

我行动的长廊与庭院
装进了麻布口袋，不是扛着
而是随手一扔
在另一扇门里，我的秘密敞开
疯狂的柳枝倒着生长

——就变得和美，出错、沉默的冷
像飞驰的列车，将星星的身体呈现阴影
镰刀似的月亮一弯弯收割太阳的光
神来了，雷雨丰饶了象征意义

阴谋的一天。我结束了品尝
蓝抢劫了天空
水饮着风
皮壳抱住裸露的渴望
黑云压城——一碗乌米饭点缀着红樱桃
传统的立场翘起初夏的脚尖
我摘下婉约的面具，露出炽烈獠牙

2019.5.7

雾中探路

一对白鹭飞过窗外的黄昏
窗内的栀子花还未开放
一对白鹭飞过波涛起伏的淡竹林
雾蒙住了眼睛
我忽然有了冲动：想用另一种语言说话
握在手里的溪流像细沙一样
其实握住不是我的本意
流失也不是。我只是疲倦，拥有慵懒的特质
头顶天空的蓝，片状地倒下来
在萦绕中，各种异形的变幻，依然不够：
触及、冲撞，沉默的叹息也不够
一对白鹭的逍遥，还不够
悲伤对于一生而言，是不是都嫌不够？
各种标签活跃着，你被白蕾丝花边弄乱
缺氧的时候，我相信了你
相信了黄酒能治病，也相信——
你与我的虚席以待是真实的预谋

2019.6.2

给父亲的一封信

亲爱的父亲，你好：

时间真快，将近两年没见到你
原来有一种漫长的出差叫永别
作为你的遗物——我，还在人世间
解析惊奇与重重的困难
看上去我还算明媚。但是欢乐那么少
我一直孤独，但是获得的爱那么多
童年将我关闭在连绵的“独自”中
还在延续……只有在创作的寂静与悸动里
我才恢复全面的能力
你与母亲欢喜的合伙制造了我
让我成为你们的唯一——
这无比的美好。有多少唯一的承诺
会如此可靠，并且恒久不变？

母亲依然沉浸在她的个人世界
持续不断地给你捎话，与你争论

向你发去“速归”字样的电报
你从不回复，像你的性格。在你通晓的
爱的方言里，形式几乎废除
彻底地退出，不玩虚掩的把戏
将达观的性情紧扣生死尊严
虽然秘密的叹词还在曲折梦境中探访

喜好左右着我的情绪
新的技艺正为我打开另一扇窗
我看见：光与影的追逐应和
蓝和灰把天空与流水全部引向我
我只需顺应心灵的指挥，写作、画画
干涸的爱获得了滋养
尤为感人的一幕：玫瑰金的霞光从浓云中
突围，冒着热腾腾的气焰
我从一份激情的创造中抽身而退
疲倦抚平了我的躁动，像是一场洗礼
单纯驱逐了杂质。一个神圣的暮晚来临
将我擦洗干净，呈现给日夜交接的瞬间
浮华褪尽，黑亮黑亮的夜裹紧我
自然万物给我充电。这些神奇
也许是你护佑的恩惠

还有很多我想给予，为这个你留恋的地方
还有很多表达，我先用沉默给它封存
还有很多拥有，深刻或肤浅地将我围困
我不再沉溺于悲哀
我信赖你最后的教育：活着就是喜事
即便是一场热烈的幻觉

父亲，在这封信的结尾
我再一次说“我爱你”——这是人间最动人
的誓言。另外，不要让我们的想念
拖累你，祝愿你在别处安好

你的女儿：郁雯
2019.6.16

玫瑰与香肠

她把香肠切成块状
兰花瓷盘将它衬托得颇为高级
男人与女人的笑容一会儿打结，一会儿
舒展，情绪的猎手捕捉叹息
他们说好吃，再来点熏肉与香肠
喝着威士忌喝着黄酒喝着黑啤的他们
——男人与女人，在餐桌上寻找通道
味觉的快活，将梅雨扮相的忧郁一片片丢弃
醉的修辞，抽了上上签
眩晕企图扳正错乱

他摘来玫瑰，摘来铁线莲，摘来荷花
养在浑浊的空气里
花朵没有叫嚷，却骄傲
——它们在赞美中醒着，也不会
因凋敝而死亡

夜晚的他们还在咀嚼往事

夜窗将对街的一棵树种植到玻璃上

玫瑰与香肠偷偷地细声说话

“让我住进你心里，好吗?”

心在哪里呢？他们蘸点酒水

在餐桌上画画——

灰秃秃的路径，关闭的门

敲门声像警报响起

多么艰难啊，除了慌张，机会稍纵即逝

2019.6.25

读《佩索阿的情书》

成吨的吻在天上飞
宝贝被他的鼻息烘焙成夹心甜品
还是孤独的轴心，肉体的洋溢也无法
充盈灵魂。像信仰一样的孤绝
也像荆棘，甜蜜也无法解除与翻越
还是另一个“我”，在对可怕的宝贝说话时
也还是，这显然会出错，恋爱中的“我”
加上另一个，怎么承受亲爱的女性？

迷魂汤，嘴唇，美人儿，在自我的思维中
心跑出肉体，冷漠的极致扩展
才更切入爱的缺憾本质
舍去轻佻的负担，弃绝附加的疼痛
多取一些，再一些亲切依偎
还是另一个“我”，借一个女性轮廓
完成自我的对话与消耗，以及和解
依然远远不够，只有围绕创作旋转
禁欲奥秘反而加紧实现了性的满足

——野蛮的宝贝！不匀称的冲突
从来都是认知的源泉
别扭地审视与狂热地取得感受
内部的风暴依然冷静

2019.7.17

过路人 H

她的身世很浅，提起裙裾就可以迈过
童年微寒，将她的稚语放逐到孤山夜空
少女时分，大胆扶正了娇艳
她高挑丰腴的美，在西湖边打转转

闲人勿近，怎么可能？扰心之徒
泛舟而来，既急迫又疯狂
她仙鹤似的细脖子被扼住，低鸣如游丝
却也足以撩动断桥

采莲蓬的男子从此失踪，遗腹子
在她的子宫搭起帐篷
焦虑拆卸着伪装，身体的秘密随风飘送
未缔结的婚姻，成为好事者毒舌里翻卷的暗器

剩余的美色还有些用途
孩子成长的路上，她的桃花风波起伏
生财野心终于敌不过渴爱的热望

一枝救命的柳条断裂，生与死咬合了缝隙

她已经走得很远，再也不会回来

她的身世很浅，提起裙裾就可以迈过

2019.7.17

冷与暖

在锅碗瓢盆的细腻作响中
他们比试着厨艺——暮晚的吃食
调和窗外的落日余晖，摘取几片种植的
薄荷叶，将一点新鲜一点落寞
揉搓进去。他们因而忘却了世道艰难
醉酒的优雅不摆虚伪架子
流泻的柔情不似水，如胭脂如淡月
张狂也有了出处与归途

晚上七点，天还未黑透
他们在等另一个人进来
她的眉头紧锁渴望，他的心口盛开曙光
他们干杯，透明器皿的碰撞
没有滋生暗示，这显得更为妥帖
他们在等另一个人进来，是谁都可以
融入，也希冀破局
有时候来到就是一种象征
——呼吸的穿越，也是攻占

没有意外引发的叹息，久难平复
整个世界只剩下一个男人与一个女人
在夏天里取暖

2019.7.31

公车新闻

公车上只有我一个乘客
或许不，满车载着隐形人
他们扎根在座椅上，或者就地打滚
或者看着窗外灰蒙蒙的天空
他们不认为需要被我看见
也可能我阻断了他们的显现

有些人注定无法看见
他们隐藏在人间的城市或乡村
逃脱肉眼的捕获，精神却是实体
——忽大忽小，有时撑破了身体
有时消失。我寄居一朵白云上
也会转移到一棵树里，水花也是我
亲吻也是我，反抗更是我
大多时候我住在一个女人的体内
她总能找到我，一小会儿联系不上
她的孤独就会纤弱

公车司机自言自语：

“人呢？都出来吧，天快亮了。”

说着司机也不见了，一辆空车

也没有发现我

2019.8.22

爱的误会

他用钥匙打开边门，踩到
黑与白的分界线
三分之二的暗淡侵蚀了他的清澈
光亮渐弱，一点甜一点咸还在吊胃口
隐约的无望却已在山坡上站成一列阴影
他取来虚拟的想象麻醉自己：
美的花环，爱的浇灌，不败之书
誊写挑拣的喜事——虽然很少
让他摸着了轮廓，随即而至的怀疑
又将他烫伤，惊叫回落的苍茫
染白了他的头发。妻子不再认得他
即使是情欲旺盛的时候，他也抓不住她
或者说他们共同的生活布局着好多暗道
他面对的她，她面对的他
不确定是哪一个：有时他穿错了
另一房间的衣服；有时她裸露印有
记号的乳房；有时他们在岔路口意外相逢
惊惶、迷失，像两只被丢弃的狗

他们紧紧地拥抱，却有些偷偷摸摸的意味
他可以穿过她去更远的地方
说不定更近更模糊；她可以绕开他去开凿未知
也许那依旧是迷雾。他们经过对方变得透明
——独立，危险，充满活力

他在漆黑的夜里滑了一跤，白天关闭
他沉浮，像月光的碎末在湖面起舞
妻子站在岸边，给他喂食良药：
“我们从不曾分离。永远……”
在消散的袅袅乐曲中，他轻叹：
美妙的谎言，也是一个人间误会

2019.9.14

松　露

松露在舌尖滑翔如软糖
那是糅杂了别的元素。起初它坚硬如核
附着于树根与土壤，甚至蚊蝇出没的湿地
“寻找松露的人”以挖掘的行径汲取活下去的养分
适度的水、矿物质，让触觉的菌丝延伸发育
如同侵染深情，不测风雨打落记忆

物质与意识交融，鸡蛋、蜂蜜、巧克力
鹅肝、芥末，搭配松露产生亲昵催化
奇妙的梦境展开旅行，想象
驶入无管制的航道，飞升，云霞附体
大理石纹理的爱，拖延了悲怆
也拾回了春天

致幻绝技，难以撕扯回味的画皮
至真的邂逅，埋下甜美地雷，死亡爆炸
诞生了迷恋后果。他沿着一丝线索
松露是引子，召回销魂时光

“回来吧，回来吧。”通灵的异质
给不值得的人生洒上诡秘的光点
一份心意信笺，经由松露邮差，在残余的年月间
穿梭，一路折磨，一路酣畅
忽然间美满纷飞，直达缄默

2019.9.18

注：《寻找松露的人》是古斯塔夫·索宾的小说。

一幅画追赶我

被一幅梦境里的画惊醒
从早晨追赶到黄昏
我要跨过食物，跨过琐碎的闲话
跨过快递包裹，跨过秋风与街道
紧张，激动，像怀揣着一个易碎的秘密
不想说话，不想听到外界的声音
守住，守着那个又沉又轻的意图
碰触绘画材料的一瞬
安静镇定了我。扑入画布
湮没或者显现，一点点地去爱
不受任何限制，热烈、纯粹，另一个世界
正在重塑我，也可能是无限的接受
——我因而可以被失去

2019.9.21

水中的夜晚

夜晚倒映在水中
带着节奏，虚拟着情节
像进入一个站台，黑底胶片点缀着光
偶尔被打断，然后恢复稳定的表面
往下探向深处，水草弓身飘拂着暗影
不规则的石子磨着牙，淤泥垂下幕布
鱼吐出的气泡演绎迷人的错觉

城市削弱了强壮，暧昧调匀秋色
一半是火，一半是水
往夜的黑色眼眸里泼墨
浮现很多面容，攀着水中的夜晚
把喧嚣与悸动装卸，抹一把脸，咬住舌头
吞下忧郁的苦衷。等待，明天

水盛满夜晚的黑，一刀刀的水纹
显露了光彩
寂静进入听觉的锁孔

万家灯火齐鸣，镜面斜倚丛丛孤独
等待，明天

2019.10.22

蓝色的黑夜

踩进梦中
僻静的城市吮吸一滴蓝
像衔起一点墨。晕染，铺张
你静默地动荡
门窗坠入江水中
断桥在半空轰隆隆地行驶
眼见的风波，心灵还未知晓

月亮像银扣嵌入夜空
雾隐藏了耳朵，你的睫毛扫除脸庞
的阴影。迫切拖延着节奏
为了专注更肆意地分神
此时此刻像硬币一下下地掷出声响

蓝的包围是轻的，可以更轻
水质的凝视治愈着干涸
你收拾记忆，没有一种红

让你摸着夜路悄悄地归来

2019.11.25

送　别

幽暗时刻在风中点亮
你还未走远
含着微笑，你最后的转身
仍旧泼洒着温和的善意
一棵树还在尽情书写你，一片湖
把荡漾的酒窝奉献给你
你的时间还在寂灭的身体上雕琢一缕光
任何什么都未被你带走
任何什么也无法掳走你
世间的明暗不再对立，你甚至不曾怀疑
——流动的经验是美好的
我因而相信：流逝也是向上的播种

你给予的细微恩惠
在苍茫的旋转中，融入浩瀚海洋
波痕刻画的悼念
将一次送别缓慢地摇撼

痛惜的沉重，缄封了雷电烫银的唇

2019.12.9

好像寂静是动词

好像寂静是动词
在黄昏里汹涌。不知道谈论什么
可以配得上纷乱，哦，寂静无法穿越的
纷乱。像是甜的
像是颠覆的一种咸
细长的手指模仿光束
礁石迅猛地后退

动词像是寂静的
硕果似的，挂满枝头
所有的回响汇成歌谣
停栖在耳畔。薄雾蒙上眼睛
悸动是寂静的
——微暗中，倒出鲜鱼般的目光
蹦跳，闪耀，大口大口地喘息
悲伤寂静

2019.12.19

做梦吧

“那一切终归是假象。”
做梦吧，现实刮擦的细节在梦里
被剪辑，你拧开门，一座房子像头盔
罩住你的脑袋。你的眼睛独立飞扬：
她进入梦中，一会儿摔倒在你怀里
一会儿说不能破译的呓语
一会儿满身伤痕地哭泣。她的孤独
映照着你——你与自己拥抱
做梦吧，在梦中想念，怎么能被阻止？
“不要告诉我，这是违禁品。在梦中
却被情感的桥来回运输。”
——像一棵锯断的树，还连着思乡的经脉
做梦吧，把白鹭的细腿问候铸成一面
等待的铜镜，撒一些时间的粉末
啃一个韧性十足的早晨
做梦吧，咬住一片蜷曲的枫叶
在梦中做梦，怎么能被醒来阻止？
“那一切终归是假象？”

也许不，沉默的口型盛开一朵朵云

2019.12.21

半个太阳与半个月亮

半个太阳升起来。忧伤取缔了
漂浮的欢颜。推土机在工地狂野
黄泥地赤裸裸地敞开，一棵棵樱花树
被运走。裸露的还有什么?
那铃铛似的眼睛
那氤氲的迷人朝气
那膨胀的渴望切开一个裂口

熄灭灯，花朵在玻璃的斜面出神
飞泻的车流穿透一张白纸
像一条燃烧的银河。爱的啼鸣
在黑暗里串街走巷
那么多，像漫山的红杜鹃
那么烈，灵魂的零件像飞来的刀片

怎么走到这个时刻?隐形的奔赴
像未知旅行。你肩头枯萎的月光
一勺勺苏醒——明亮破碎怀疑

朴素的沙粒华丽地追逐……

2019.12.27

我往你的梦中打电话

我往你的梦中打电话
允许你从我的眼睛里取水喝
时间作瓢，断续的字词临摹涟漪
你触摸我的脸
消逝的烟已经升起
你呼吸我的灵魂
消逝的烟已经升起

渴，喝下云彩，喝下忧虑的种子
喝，干裂嗓子吞咽火焰的核
眼睛缀满天空，在你的肌肤上扑闪
一排排芦苇在摇晃
消逝的烟袅袅地飘散

2020.1.2

湮没或诞生

从混纺的霾中突围
他站在天边，用一块长手绢
扎住伤口。治愈是徒劳的
还没有一种方法能够模糊地将他解救
清晰往往成为陷阱——
就像艺术的斗志反而会削弱迷茫本质
他仍然在自我的局部之外
可他不为明确事物活着。似乎暧昧
混乱地摇撼着一株枯木
他因而可以潜伏在不详的潮湿中
被腐蚀被侵占被非季节地绯红或漆黑
无穷的万物将他蛀空
他终于无处不在

不只有美才可以被诞生
刺耳的光线偏离了视觉小径
气味颗粒的折磨一路追逐

他有了牵挂，沸腾的灰加重了语调

2020.1.3

如果光亮能够止痛……

天上一排点亮的蜡烛
地下一排点亮的蜡烛
他从倒影的荆棘上裸足飞奔

哨声啼血，激起沙，卷起浪
沙追逐浪，浪追逐沙
暮色中的骑兵折断了黑枝丫

天地将转盘磨得吱吱作响
苦难命运透出良知的一线光
他明白：到了某一刻，蓝色的石头
也会说话，也会运送斧头
也会用正义铸成风骨；孤独的注释
能够绝唱，能够雕刻火焰
能够从口中涌现大海

2020.2.9

叹

抡起蓝，他撞击整个天空
像敲响净慈寺的钟声
驮着尘世喧嚣，陌生的疾病呼啸
缺口中的光线纷纷漏电
他胯下的残壁，被铁锈与青苔覆灭
暗下来的光阴是破句
桃花分泌的笑容是碎末
春的印章——一枚健康码，默念着果实
将一扇门在云端开放

他指间的静谧，消退了月晕和潮涌
每一步的逗留，都是空空的凝视

2020.3.18

一幕灰

你把白蝴蝶的翅膀归还我
我却无法使用。树的翅膀也高于我
只能仰望，在低处我的徘徊无法展翅
你从腋下抽出一条银河，星星像萤火虫
倾斜的爱偏向了明亮。你说：
“数一数，像糖果一样。你的眼睛也像糖果。
甜美，但又锋利。”
经过你的描绘，我把窗子开得更大
却依旧封闭。肃穆也不能把你引向更远
也不能，沉潜得更深
徒劳的专注，将你翻到天色的一幕灰
重大的事总是突然发生。摁灭或加剧滋长
都伴有隐痛……你说：
“安静地陪我坐一会儿，就一会儿。”
乌云在天边跨栏，桃花把柳丝捻成悲歌
狂风疾驰，夜的缺口被幻梦拴紧

2020.4.6

异地相逢

好像我们过着幽暗的生活
好像在硝烟的包裹中，隔着一个尘世凝望
好像你认识的我，正从窗外悄悄走过

——你喊我，每一声如杜鹃啼血
面容的深处撤下危楼与曲径
隔了很久，绕过一座山，湖光将我呈现

人间终究是异地。灵魂栖息的身体也是
无穷的一瞥往空气里投放涟漪
念想滚动……火热却是清凉的瞬间！

2020.4.16

夜　香

芍药没有在黑夜凋谢。夜，铅重的身体
凝结成块。香气——柔软的攻势
以萦绕分解暗沉。又像丝绸的刀片
撕裂了创伤，却因而得救
多么不易，安慰一字字地敲击
将一天拉得很长很远
通向了云天。可能这就是全部
专注与遐想，将迫切的美侥幸实现

苦难的一盏灯，在水中回眸
浪潮的每个漩涡都噙满了泪
为了一点爱的欲望，我坚持活着

2020.4.19

惊雷拍岸

吃掉我眼里的一只虫子
黄昏像锯齿草攀附着天空
一抹紫霞像箭镞横行穿过地面
玫瑰在平行的时间跃上枝头

交错是一门预言艺术
味道的断崖悬挂着耳语
“找不到你了……”
无限的一个夜晚，嚼碎成群的星星

吃掉我额头的一朵惊雷
此刻的一生多么富裕。荡开迷雾
险滩上礁石绊倒浪花
一轮弯月收割着蓝色唇线

飞溅的幻影，斑斓、晕眩
消逝的渐次浮现，在波光的震颤中

2020.4.27

关于飞翔

肉体成为火箭，加速的发射渲染整个天空
灵魂出窍，火红色，一团雾的燃烧

修道者，端坐禅定……解下肉体
飘浮于泥沼之上，飞，灵魂蔚蓝，一团雾的徜徉

借助肉身本能的呼啸；或绕道，超越肉身欲念
催发灵魂唤醒更灵的魂。两种实践？
两种途径？渺小的奔赴像融入水流的沙场

一团雾，火红色；一团雾，蔚蓝色
在林梢相遇。不问从哪里来，物质的底座
如莲花盛开，火焰也如莲花盛开

白云微笑，从两团雾的中间游过
像白色的机翼荡开虚拟的边际

2020.6.1

让风刮得更乱

让风刮得更乱
让露水像莲花洒下来
让枯叶回到天上
让一截断发像波纹一般飞

阻隔的梦是一坛陈年旧事
青春往竹篮里注水，流窜的影子干涸
从对方的视线中拐弯回来
词在酒中蒸发，午夜的羞愧变得青涩
攀上心灵扶梯，光芒像茧，缠绕得密实

醉的渡口，你说的话都对
虽然你并未说什么
你飘着，沿着虚拟路线
勾勒真相地图——那些古怪的标记
你不避让，“都在这里，一场阵雨或者
一片泥潭。也有芳香浮动……”
你没有着落却广阔：什么都可以接受

什么都在放弃的途中

2020.7.4

密　室

转过白天竖立的多重柱子
黑夜的大草帽压低了你的眉梢
你摊开荒诞图像，她走进你的瞳仁
——那是一个奇异空间，布置简单：
一张床，一个水杯，一只白鸟
在灰暗的窗帘后面抽噎
她往你想念的空碗里注水
活过来的翅膀在低处回旋
你将她拉入怀中，舌头是咖啡味的
有点苦。你闭上眼，把她锁在瞳仁里
暗夜闪烁，你搭乘她身体的最后一班航船
祈求逃生

2020.8.13

天亮之前

世界像个闷罐，灾难像暴雨
斜射。一把锤子悬在半空
灵魂在身体的四壁焦灼地踱步
你把鼻子探入炎暑阳光的毒液里
“让热更疯魔些，拔掉我心头的黑。”

路途黯淡，一根安全的钢丝维系你的生活
这显然不够。你想翻腾出一些新花样
经由爱的畸形癖好拨正方向
路途黯淡，使不完的气力派不上用场
头发全白了，西湖的水蒙上了雪
偷渡的自由几乎夭折。一点勃发的秘密
彻夜戏弄着你可怜的欲望
“从精神的高处，把我打落到道德的
低处，多大的落差啊？”

整个白天入驻黑夜，接着是另一个
黑夜。你缺少危机应变的本领

被一团乱麻禁锢手脚，扔进了

一条死胡同

2020.8.19

云彩之上

云彩之上，我不会说暴风的话语
我说茜草、木槿花、泥土的芬芳
你的天空航线改变了方向

我躺在流动的时间旁边，拥抱与分离
都被急促地冲走。失眠陪伴我
梦境盗取了生活，我们被醒着奴役
你拨开一颗熟透了的真心
堤岸失守，汹涌的火焰宛如猛兽

关上窗户，熄灭灯盏，黑夜还在颠簸
我想你的时候，你是另一个人
——你发动整个宇宙，注定在我身上的
都会成为亲爱的枷锁

2020.8.31

一颗心藏在一把火里

一颗心藏在一把火里
闪耀如利剑。空间的硬壳不再伪装
裂变的镜子开始柔软
孤独从无限的水中拨弄光影
理想必须跳舞，才能在绝望的磨损中
找回自信——
仿佛秩序被重新雕刻
时光一团团温暖我

2020.10.9

渡　口

从灵魂的洞穴爬上来
攀着天空，凝望山河
一个时代蜷缩在风中
歌声金灿灿的底部，滚动着惊奇

他们穿过雨雾，将一艘船拖上悬崖
黑夜在眼眸里熄灭灯火
没有归途的出行壮大了危机
一点盼头皎洁着浪花

2020.10.15

风中的耳语

他们在一起
逃开这个世界
他们在一起
一个孤岛——风中的耳语，像亲吻
他们不在一起
触摸让他们紧密地分离
他们不在一起
明天以前，火焰在漩涡里无限地蓝

但是正好，他们拥有圆月
——开放在寂静的夜里，灵与肉悸动
忍不住叫出了声

2020.10.21

与陌生人说话

陌生的国度，你将通向沉默
言语也是。但你在说话
用空气里解封的蜜
但你以为是刺。茶香从睡眠中游离
沸腾的浇灌宛若眸光飞溅

你从来不知道我是谁，却因此受伤
整个尘世悬挂在耳朵的峭壁上
一片片空白嗡嗡鸣叫

2020.10.30

风教会你自由

风教会你自由
影子上的泥巴被时间剥落
你不认识路，掸一掸尘灰
黑夜磨成一把利剑，拴住你，带你飞
你是无用的，来源是梦铸成的水
所有的蓝都在攻克知觉

你抖落满身的花瓣，剩下灼目的蕊
像一簇簇高昂的火束——
姿容寂寥，却迷人

2020.11.1

意　象

那些隐喻更鲜活。但你不能总在
幽径里采摘星星的果实
直接的肯定或否决，画上一个句号
叫嚷的爆米花在强光下冷却
你滴落得缓慢，像一场绵绵细雨
全然地将我笼罩
舌间的言词像脱缰野马
疯跑，归途中却摔下悬崖
许诺是苦的，蜜罐里敞开的甜像是偶然
但不缺少什么
注视是嚣张的，将晦涩拨弄至鲜明
但不恳求什么
幻觉的怀抱熄灭了眼泪

2020.12.8

脆弱之诗

我加紧地放弃
却赶不上你葱郁的眼的覆盖
我局促地维持原样——
也是放弃的一部分
我的固守，越来越困难，从未接近我的词语
正在入侵。我不得不成为敏感的俘虏
因而变得柔软又彷徨

那个被穿透的瞬间，我的抗拒很甜美
我的孤独通向了世界……
脆弱却使我日益贫穷：
女人如海，我却还是个孩子

2020.12.10

出租车司机阿强

在路上。很多杀手
要取他的命。他说自己的命不值钱
轻贱得很。他的老婆也是杀手
说起她他的声音打颤：
“她一年到头不回家，住在厂里。”
“出租房很小，她不回来就显得大。”
“她再不回来，我只能和她离婚，
哪有夫妻一整年不睡一块的。”
我问他有没孩子，他说有，是个儿子
儿子好看，胜过他俩一大截
喜欢花草，喜欢玩水，喜欢捧着爸妈的脸
一口口地亲，还喜欢打游戏
小小年纪就在网上杀出一条血路

我坐在出租车后排，夜色浓得化不开
一坨一坨在身上黏附。窗外刺耳的喧闹
显得泥泞。他还在絮叨，声音还算轻快
他振作起来，努力还债，也会注意健康

下班会散步，走着走着以为自己离开了此地
会有一时的失忆。他觉得这感觉好
我问他孩子几岁了，他回答：
“六岁，还没赶上上学，去世了。”
车内没有了声响。突然的安静也很刺耳

我下车，他直视着前方，蓝口罩挡住了表情
“我明天再去厂里找找老婆，也不知她咋想的。”
他说给自己听。他继续上路
还会遇见杀手，命运之神的关节嘎嘎作响
路的两旁翻卷着悲切的尖叫

2021.1.24

白塔公园

下雨的时候，我确定在这个地方
绿皮火车、铁轨、枯芦苇，盘旋飞舞
之前的阳光飞舞到别处
进入秘密的欢欣中
下雨的时候，暴雨，我确定在这个地方
——像一个假场景，缓缓掠过的火车
驶向耸立的白塔。春天里的人们
不同的面容，陌生的异乡人——
（谁又不是陌生的异乡人呢？）
他们簇拥着时间行走，被摁入一帧照片
渐渐泛黄变旧。绿皮火车飞上天空
穿过浮云。此时，他们正在好时候
老站台，新别离——幸好是假的
忽然而来的雨，铅灰了未来
他们欢笑着躲雨，水杉密密地荡漾
我看不见你了
像隐匿于过去的一场失散
渐渐地浮现。我的慌张开始蔓延

事实上你从未来过此地

2021.2.14

你的房间像春节

你的房间像春节
你的眼睛像夜市
热烈、繁盛，梅影在白牙齿上摇曳
月亮孤独成双

西湖在你我之间穿越银河
星空扑入断桥的怀里耳鬓厮磨
湖中三塔像皇冠戴上你的头顶
我的过去驶来一叶恍惚的轻舟
你的爱像丝绸
放响的鞭炮像前世

2021.2.16

创作的鸟笼

其实我要做的是另一些事
或者什么也不做
我现在却在做一只鸟笼，把具象抽象的
线条与颜色，关进抒情或叙事的结构中
文字是印象，是符号
它们，也被我的偏好和习惯上了锁
我提着鸟笼——全部的家当
走在一条看不到尽头的路上

一旦形成认识，围困就启动仪式
也可能更接近破灭
其实我要做的是另一些事
或者什么也不做
——显然这也不能让浮云飘得更远

2021.3.7

高高的黑夜

沉默的倾听悬于一根虚线
彷徨敲锣打更
高高的黑夜上坐着一株寂静
狂风抽动陀螺
想念的海从油菜花地里涌出
穿过针眼里扭打的悲切
鸟叫被蛀空
一扇屏风喂养雾，阻隔了多余的刺与词

2021.3.18

黑石头的眼睛

——看电影《波斯语课》有感

放逐的夜在你嘴里
像手枪顶住你的喉咙
灰败的躯体冻成石头
——运往苍茫末日

一条危险的语言河流，艰难地流动
血滴的字词凝成黑窟窿
一条秘密的语言河流
在两人之间，迸射畸形碎屑
你记下真名字
吐出假果核
古老的残杀与忧伤埋葬一首诗

说吧，惊骇的嘴与松开的舌
说吧，擦亮的墓碑似的额头
说吧，那说不出的——静默似火

2021.3.28

作　画

那个幸运的女人在画画
她用野趣手法，勾勒时针的星光
她有点姿色，有点钱，有点颓废
似乎破坏她力求的平衡才是解救
幸运与不幸不免混淆她的认知

他可以从另一面观察那个女人
她不可能不痛苦。她自然诉说的
出自对敏感的服从，这引发的副作用
是焚烧的杂草：每一刻的当下
都留下逃遁的借口或迎身而上的绝望
却对往昔的源头无从求证
那种感受模糊并深刻，像牙印
在全身落下空巢

她听见别人说：
“我真羡慕你，什么都不缺。”
他扳过她的身体，她的眼神倒映冷月

“你为什么痛苦?”
她从隐没中望断山河
一个连绵的蹩脚的梦，错乱地消遣她
她说：“痛苦是假的，幸福也是。”

他一遍遍描摹她
像捉弄的技能。他画中的她
加强了一些意图：
仿佛她的微笑是迷人的

2021.4.5

清　明

那么安静，就是清明
那么多场雨轻轻地放下，就是清明
那么干净，就是清明
那么多场梦缓缓地消散，就是清明

都在，不言不语，那么安静
光从树杈间清凉而下就是清明
都在，那么干净，微笑像谜
闪电将岔道焊接成同一条河流就是清明

镜中沉醉的早晨忽然黄昏就是清明
晚霞攀上岸像种子纷纷游回天空就是清明
你中有我，我中有你，就是清明

2021.4.11

我的眼睛不敢多看

我的眼睛不敢多看，怕看见不该看的
也怕看得太深，没有人能够救我
但是，还是会看见，听见也在看见里
醒来。我来到别处，叩开一扇门
他们用阳光与伤疤招待我，用眼神的刀片
或沉默的雪招待我
他们的忘却从冰窟里爬上来
我在一口井边脱下美梦，用盐巴
搓去一层痛苦，微红的灵魂颤抖着

我看见不该看的，因为感受提前一步
睁开另一只眼睛
清澈、明亮，黏附着种种迹象
在乱石里呼吸
悲剧的身份开放如罂粟

2021.4.20

没有时间可以被挽留

没有时间可以被挽留
一场暴雨扑向铁轨，呜咽在碾压中滋滋地
冒着寒气，一声断裂宛若出窍

——分离的战术里，禁锢的偏方
无法安抚记忆，却使白昼加重了
夜的黑眼圈。像是告别的礼仪
在曲折迂回的翻滚中盛装枯萎

接受吧，温柔打偏了方向
接受吧，深情的软弱现实
没有时间可以被挽留
孤独留出空地，洗劫浓烟与烈焰

2021.4.26

曾在却不在的

“这是一个假的人生。”
她心痛，不为具体的什么心痛
窗外的阳光与细雨纠缠在一起
分不清是什么天气

她一层层地剥去肉体
——一个驯兽场的对峙触目惊心
她显露灵魂，犹如在一片森林里
寻回一枚遗失的钻石
她心痛，不为一个假的人生
而为那些飘忽的幻影，将她的灵魂
磨砺出血痕与凌厉的光束
而为她在恍惚中奔走的分秒
终被忘却彻底带走

而为那曾在却不在的
而为那不在却追赶的
而为那遗憾却不再能弥补的

而为，那风中栖身的黑夜

豁开一道白晃晃的缺口

2021.5.23

我曾见过他们相爱的样子

我曾见过他们相爱的样子
他们坐得很远，却像紧紧地挨着
他们的眼里充满安静的欲望
就像静悄悄的黎明，伺机发动一场风暴
他们变得纯洁，还有点羞涩
他们似乎拥有与整个世界为敌的勇气

不久他们分开
绕了很多路才走出爱
他说：“爱她比渴望爱更多。”
她说：“感觉就像被掏空了。”
后来他们各自又开始恋爱，还不止一次
他们将对方淡忘
甚至不再记得遇见的日期

我曾见过他们相爱的样子
他们的唇间落满暴虐的柔情
他们说着旁人听不懂的暗语

整个世界的不安，被他们关在门外
她拿起一面镜子，他们像替身
站在虚拟的场景里
只为了让爱情现出原形

2021.6.21

下火了

葱郁夜晚的月亮壁灯

剪刀魔术残余的词语碎末

不对称脸颊的倾斜热度

一撇一撇眉毛上空跳跃的帆影

恍若在船上，我们赤脚拍打着浪花

我们用诗句的芥末涂抹癫狂夏日

下火了，锥形的火穿透地面

我们转动火焰；下火了

烤熟的记忆反光，尾随一串炸响的蝉声

夜晚在我们之下

我们像漂浮火上的冰块

也是锥形的，悖论地相融

偶然的一次误伤，非理性地刻骨享受

我们的痛感

订阅了娱乐的麻痹游戏

2021.7.14

风　眼

危险看着你。你坐在垒高的暴雨中
像枕着扯破的棉絮做噩梦
你看着窗外，雨的粗胡须连续不中断
一条铁虫穿过你的心脏
浸透的痛来不及吹散白花泡桐的黑影
危险看着你，突然的夏天穿着铁靴
踏碎起伏的尖叫。你捂住脸
水在你身上形成黄色河流；你张开嘴
燃烧的嗓音瞬间枯竭

连绵的苦难，你无力调试失灵的刹车
呼吸不能穿越的围困
在层层预示里跋涉。危险看着你
风眼迅疾地掳走惊惧的符号

2021.7.24

沉默已站成一棵树

那是不必要的，以惊骇的方式
向悲哀致敬。沉默已站成一棵树
倒映在湖水中，荡漾的涟漪打着
浑圆的响指。那是不必要的
一个清晨，满满的月光从指缝游走
你咀嚼麦片像踏碎遍地的落叶
告别是漫长的，那是不必要的
你的时间纷纷转身
却逮不住沙上的一米记忆

很久以前，你劈开道路
左腿与右腿分开行走
你劈开言语，烟雨迷乱你的舌头
你劈开眼里的雷电
顽石的心归于肃静——
很久以前，你就离开了我

2021.7.29

无法定义

酷热的下午，我躲在
蝉声里，躲进一个屋子
躲在你的对面
你的眼神打湿我
轻笑送来了风

我修剪茉莉，躲在
思考里，躲进鸽子笼似的寂寥
躲在荒诞的上空
你的对抗秘密地进行
改变的欲望被无形之手捕获
我想到受难——损毁的核心力量
在意料之外爆炸——仿佛那是悲剧的激情
映射心魔的倒影。
我怀疑事物演变的方向，人为地作茧
把自己绑定在残局里
好像我们的人生没有尽头
挥霍成为盛宴。我的躲藏是出走

你的对面没有人

茉莉的香模仿苦涩

蝉声不安定

我的动摇摇撼窗外的一树黄昏

2021.8.12

风穿过梦

她在梦里说话。嘴里咀嚼冰块
她身下的床上还躺着横七竖八的不明事物
她想求证未来——一艘帆船正在突破
混沌的界线。她在梦里问路
趋向前的台阶高过胸部，像漫上来的水
逼迫她认清事实，事实吹着气泡
坚硬的气泡像锁，封闭了昏睡的可能
或许就这样被拖下去吧
缠绕在一场对峙里，沉没大于伤害
她说："游戏，就不陪你们玩了。"
她在梦里听见整个世界在哭泣
紫色的雾弥漫开来，风在半空翻筋斗
跳动的心脏像子弹滚落山坡
在地面砸出一个个坑。一切以错觉
开道，呜咽遍地开花
她冲向一个紧急出口，她在梦里撤离
忘却将时间团团包围
她陷落独自的广阔，好像从未

出现在人世，从未见识过所有
所有是零吗？一个疑问，大于海洋

2021.8.17

你不等于月亮

世间的你比天上的月亮远
天上的月亮比世间的你亮
你跋涉，埋没于孤独的沙
掷向我的每个眼神都因受潮而哑壳

空旷的又一天。宇宙的秘史
绕过了人类梯田
我站在月晕的海里，可怜的一点知道
被秋夜收割。你不在我的想象中
却与我一同成长和衰老
因为陌生，你在月亮的泪里种下了根
金色的晚风，金色臂弯里的小白船
你没有丰收我
却驶向独立的圆满

2021.9.21

她站在面前

她完全地站在面前
当然不可能是完全。他的注视
直直地摊开来
将她礼貌的微笑像卷饼团拢
他咬一口，想起多年前的
一个城市一个街角一个小吃摊
一缕阳光斜斜地悬挂在她的肩上

她的牙齿还是浅杏色
他掠夺过她嘴里清新的呼吸
现在，她不再诱惑他
他想重返她含糊的音波里沉沦
可是她站在现在，轻松地看着他
——一个疑似陌生人。他恨不得
急切地拧紧她。现在，当然是不可能

她完全地走开了
他和她之间，曾经荡漾的秘密

横插在他的胸口
他捅得更深一些，一群飞鸟涌出
唱响了挽歌

2021.9.30

不要问我是谁

如果知道我是谁，我将不再悲戚
我不知道！但这不是我此生求证的目标
我在悲戚中欢笑，像美好真正轻拂过
心灵的镜子——魔镜，它给天涯染上金边
海角也煮沸了。一切似乎在瞬间变得滚烫
我打出一张张脸孔的扑克牌
他们没有胜算，却漫天飞舞
我的哽咽不谈及缘由，在悲戚中悲戚
光线绷断了弦

专注更彻底，孤独就更狂野
燃烧的唇亲吻灰烬似的歌喉
我的沉默雪亮

2021.10.10

那些梦魇是纽扣，还是钉子？

那些梦魇是纽扣，还是钉子？
是摸索着解开，还是一榔头一榔头地敲进去？
轻与重一起转动，黑与白像冷面判官
放松，说柔软的话，糊住可怕的缝隙
紧张，上紧心灵发条，一口冷风打落牙齿
你来了，不敢推开门也不敢关闭
窗前的桂花拖延了开放的日期
还是萌芽之态，昏睡在风雨交加中
像是无香的叛逆。还是照旧，那乱了的
忧虑，虚悬于经久的荒芜
你解开梦魇的纽扣，呈现的几张脸
扭打着，钉子锁住几道裂痕
困境摆布不了你的专注
你握紧挣扎的誓言——
仿佛那是一个短句，却不在
旖旎未来的行列里。我却发现：
爱才是宇宙

2021.10.16

陌生的时刻

陌生的地方
陌生衣柜里的灯光
陌生的逼仄与荒凉

陌生的时刻，陌生的网里穿梭的乱丝线
陌生的手掌在空气里游荡
陌生的刺耳的寂静

心相，开封的念想或冻住的果实
风冷冷地发酵
关闭一扇窗，把另一扇也关上
锁紧的黑夜吹开一朵花

2021.10.26

没有风，只有云

没有风，只有云
没有房屋，只有田野
没有人，只有天地

没有忙碌，动词像影子一样安静
没有忧伤，注视脱离了眼眸的拘禁
没有放弃，来去不再摇响疑问的铃铛

没有你，没有我的一点痕迹
没有方向，没有光阴飞溅的碎石
没有风，只有云

2021.10.28

秋　影

银杏叶在光线里透亮
我走在一片阴翳下。与自己结伴
守着一门忍耐的技能
怀着沉甸甸的离奇秘密
田埂上的脚印生出了眼睛：
看到搏击的灵魂，像风筝纠缠风筝
天上的路断裂，不明朗地下坠
我知道一些美好已成过去
改变是不能拒收的信息，是的，改变
悄悄地滑出了规矩的边界
在底线的蹦床上弹跳，一瞬间的陷落
发动了对人性的围剿
或许真相只会在悲剧里焕发光彩
或许消极才是纠正偏离的最佳途径
我恍惚秋天究竟促成了圆熟还是萧瑟
我走在岸边，拉我下去的不是你
而是我对自己的叛变——
遭遇的正是我不屑的那部分

我却迎着它飞舞，像一种羞辱

逃逸在认识之外

银杏叶仍然不经世事地透亮

我什么都不知道该多好

2021.11.17

一个湖接着一个湖

一个湖接着一个湖
我从湖中来，站在梦的中央
一声叹息连着一声叹息
我的蛰伏，在枯叶的内部开花

我离鬼神都差一步，这不是发现
而是惊惧的预示
每一波荡开的水域，跳跃的短句
银晃晃的，像匕首，像裂痕
却裸露得如此耀眼
又在魅惑的奔流中忽然暗下来

一个湖接着一个湖
记忆都在水里。好像什么都有了
我的抉择没有温度，变冷
喧闹的水声活泼如初
像转动的时刻表

2021.12.10

地球上的新婚之夜

一

一个夜晚拥有响亮的欲望和权利
酒桌旋转，像叶片在时钟的走动中摇摆
各种声音交织成网
把地球装在里面。仪式膨胀，真理
也绊倒其中——没错，繁衍的正当热情
将烟火煽动至久远，漫长的一条河流
融化了时间。什么都不重要
只有新婚之夜，夜的新婚世界
——一个万花筒，什么都能看见
但是不看，感受，狂妄的触觉感知
醉的分贝提高吸引力
地球上的人们都来了，像沿着水边散步
扯着嗓子歌唱，簇拥无数的种子
像是往未来的土壤里投掷记号
可能诞生是唯一的希望，因而死亡
也涌动着，伺机从深井似的洞房里

探得一丝喘息，从床笫的战场窃取
一缕生气，魂魄缓过神来

二

一个男人和一个女人
——两股溪流，交汇，物质在内部晶莹
嘴唇点火，情感惹事，爱威武
如大力士。阴与阳撤下羞涩的屏障
隔着肉体旺盛渴望，一座桥架起
他与她连成一体。像奇迹一样的事实
精确到没有破绽，似乎本该如此
像一阵风拥抱一阵风
像一朵云融入一朵云
本该如此，因而见识了天地

回到个体，窗上的影子滚落
空气重新流动
发生了变化，却又没有一丝动静
他们承受：落空似的寂静
无序地沸腾起来

三

光明全都集中在这个夜晚
黑暗也在场。湖边的树木挺拔
沐浴更衣后的人们划动船只
穿过白茫茫的人类简史
他们到达一个新婚空间——
踩响气球，挥舞彩带，分撒糖果
把欢喜穿在身上
他们挎着一轮孤独，像一次赶集
仿佛这个夜晚是所有人的婚礼
他们是新人，崭新、鲜活
赶往忧郁的迷狂与神秘

他们从灵魂褶皱里小心地翻找疼痛
像从体内取出伤害的子弹
统统都扔进这个新婚之夜吧
让它来熔解让它来销毁
这个夜晚是炼炉还是归途？
哦甜蜜，放慢对峙的节拍
哦呻吟，嗓音的长矛将爱抖落
山岭的双层轮廓漂浮在激荡的湖面上

水杉轻轻地舞，它的根被漩涡吸纳
倒影悠然地荡漾

这个夜晚的所有人都消失了
隐匿伤口的刺搅拌着蜜飞逝
窗外的湖汇入银河，另一茬面孔
悬于水的逆流中，颤动着微笑

2021.12.16

冬　至

去年冬至，母亲说父亲回来过
——她在被褥间猛然闻到一阵气味
熟悉的、浓烈的、独有的，丝毫没有
冲淡记忆。她对他说："你回来看我了。"
今年冬至，母亲说父亲又回来过
——消失一年的气味，在卧室厚厚地铺了一层
将母亲整个儿环抱。她对他说：
"你回来看我了。"

我相信这是真的

2021.12.21

鸟与巢

那时候你是飞行的鸟
住在风雨中
我是高树上的巢，虚席等待信任与勇气
当你向我飞来，满脸密布着欣喜
我用光明铺床，用真诚粉刷四壁
我向往一种结合，镶嵌在天地间
让永远吞没时间

在无常中颠簸
靠近的梦窄小得容不下一条归途
可疑的宿命！我们不再相望
时间短促，没有永远

2021.12.28

就这样吧

凋零的夜。被拆得凌乱
开垦迷途的人含着一口雪
他的暖被冻结。有什么不好呢?
愿意，遐想把偏离煽动得兴旺
向下的滑轮将石头里的名字碾醒
别致空间侧漏一缕美，像听见
久别的语言——它说就是这样
仿佛就是这样了
他猜不透却躲不开，但是丰饶起来

活着的这门科学被感性侵占
不同的解释混淆于不同的口型
还能怎样呢?点燃的执念像野草
蓬勃地生发，仿佛只能这样——
求证肌肤里的骨头和风暴抢夺的血液
零碎的夜，夜在行动，在空无里
铲雪，摘下一串串冰凌
输送寒冷的问候

好吧，叩响门环，虚假约定像礼花
爆炸，盛放，然后黯然
就这样吧，在黎明前彻底地黑掉
然后白回来，天已经亮了

2021.12.29

画外音

有点累，在黄昏时歇一歇
刚刚经历了一场结构与颜色的碰撞
你会惊诧于这样的实现
远比付出和感受更丰富，一种满足
洞悉了缺憾的可贵

也洞悉了爱是悲剧的一部分
——一阵风的速度
绚烂在消逝的底色上沉寂

2022.1.2

思　念

你问我，思念会不会要人命
我轻笑出声，你说别笑，严肃点
我的轻笑不是轻视，而是对同感的反讽
相思病确实可怕。我想再说点什么
从仅有的一条小路往前探索
“忍受，没有办法，谁不是在隐忍呢?”
“这是不是个人问题？自身的纠缠表达，
对象是谁，没太大关系。”
可能吧，情感独立，思念让它向外流动
绕一圈，再绕一圈，飞溅的火扑灭了伤害

“我现在的心脏扑通扑通地跳，声音很响
像在岸上听水欢腾。我忘记了在想谁。”

“好了，容我静一静。我刚做了核酸测试，量了体温
坐上一辆车，太阳从车窗外滑落，染了我红彤彤的一身
我有点发抖，忐忑的思念让我透不过气来。”

“你在听我说话吗？你要长久地平安
呵，我像从一座山上向另一座山上的你喊话
我和你不一定会见面，但你要在，好好地在。”

你的渴望悬挂在风口
丰富的感触跨越一重重贫瘠
爱不会叛逃，一经被刻骨的注视封印
它上升，即便是下降也是无望的上升

2022.1.11

雪白的夜

退出一场雪，关闭乱藻匣子
石头的心砸碎流水
屋后的雪，深夜，下白了整个世界
一点黑在蜡梅灯笼里嗅光
他的脚印留在雪地里枯萎
洁净敞开怀，流淌的羞耻分外凄婉
冰霜沉沉地压倒一丝柔软
退出一场雪
快乐不是雪白可以给的
绕不开僻径里一道道的残枝和孤影
积雪与浮云一般厚
他被失重夹攻
老去逐步地变黑变轻
——白色刺探的热望
激动一会儿是一会儿

2022.1.23

窗前的海

窗前的海，无限的波浪拥抱我
海的无限面容变幻，有时镶嵌月亮
有时像鸟群斜飞
它那无限的神秘，用一口口盐折磨我

我的伤口藏在一株椰子树里
它没有名字，没有地址，不需要被治愈
隐痛不时地凝视这个多病的世界
像给警醒加入一剂苦料
我尽可能保持平静，在错觉与幻觉的
围剿中，掀起沙的风暴
我的绝望比疯狂辽阔
我的纯粹并不缺席愤怒
——无限的波浪拥抱我，窗前的海
无限的金色蝴蝶

2022.2.20

影子从我窗台吃掉风

影子从我窗台吃掉风
影子在我手里摇晃
影子做阴影的巢
影子把自己从枯叶覆盖中拖出来

我给影子梳头，戴上脆弱的花朵
我从影子里找黑色的羽毛
我取下影子脖颈上缠绕的铁链
我放飞影子体内一只受难的风筝

悲伤的瞭望塔
说一嘴的梦话，毒素的茧
硌痛逃亡的眼睛
影子在我手里摇晃
影子饥饿，从我窗台吃掉风

2022.3.14

忧郁的雾

一碗黄昏的酒被挽歌打碎
想哭，但哭不出来，压抑紧密地
缚住心房。悲伤泼了你一身蓝
像是闹了一个笑话，你在陋室里
思辨得失，没有人偷听
猛然解禁的自由，你握着它
凝视它，像一把沙一样
不知晓怎么使用

都是神秘的，无论是误区或者宽恕
烛光的影子在白墙上高你一头
雾笼罩着你。你就是雾
屋里的一切往雾中涌去
你环绕着物。你的思想细巧地
敲击，像烟斗在桌沿拍打节奏
黎明破门而入，你端坐，鱼肚白似的干净

明亮不一定守得住，余烬也难以

拨亮。你在雾里撒种子
开花结果是另外时空的遗传病
你清点困惑，倾听孤雁的讯息
和春天的忧郁

2022.4.2

黄昏旋律

我喜欢黄昏闪亮的蓝
然后是黑蓝，然后才是全然的黑
黑把所有的颜色都装进去
我相信它的丰富复杂是趣味性的缄默
我也相信它的冷却是格外充盈
致使的凝固——高冷煽动热烈的风
我喜欢此时的迷惘，让我陷在
不知名的悲喜中，间或有孩童
循着炊烟奔跑欢笑的声响
像是投入黄昏水波中的石子
也像天空骤然炸响的礼花
因而不求解答的疑问也像水墨晕开
困惑也有了美感。忽然就不是我
字词连贯地在心涧流淌，来不及阻挡
它们如鱼群从我嘴里跃出
又在纸上留下印迹。譬如这首诗
它就这么来了，我可有可无
我不相信的一切都可以将我融化

神秘饱蘸山水：

降临不再是为了说再见

2022.5.9

树上有眼睛

石头里有树
树上有眼睛
眼睛洞察的世界，比你的认知广阔
广阔掩埋在卑微致使的局促中
背叛自己像一场心灵的绝杀

人与事物都有扭曲的理由
树杈间嵌入的石头
眼睛里鬼怪的树
世界倒映眼睛的湖泊，渺小的悲哀
不停地变形——伤害美好获得异样快感

你没有表情，他们说：哭泣吧
你说不应该，他们说：愚蠢的笑话
你保持沉默，他们用荒谬锤击你
——赤脚站在沙里，流水不靠岸

2022.5.14　凌晨

夜晚的翅膀

夜晚的翅膀。水在喝我
喝下无常环抱中
妖娆的萤火虫，一闪一闪
沿着脉搏的台阶舞动着风
我占有了暗夜的独特

翅膀的灰屑弥漫天空
似有似无的疼。打开的门掀起
一连串的笑，像从云际滚下雷声
水开始咬噬我
斜倚的孤独茂密成行
我猛地收紧受惊的羽毛
一点光飞溅，是踩进泥泞
还是夏花碎碎地开？

2022.7.4

无声狂放

沉默可以昭示天下
像树影投屏于白墙，没有声音
它沉静，或摇晃，或漫出边际
你克服对方向的依赖——
多重奏鸣冲破有限
无声狂放，也更响亮

沿着火的路线，你摆弄音符和青春
沉重肉体下的欲望肥美
不确定怎么收割。那些挥霍别转脸
你星星的眼睛却嵌入钉子
你还是轻视复杂，把冲动
转述为直觉，你亲近断续的单音
直到低弱至无
一个深渊被微笑静悄悄地充实
你的本能扬起帆

2022.7.23

冷　月

这个具象的世界被大雾拦住
朦胧顷刻间决堤，抽象被误读
满地打滚

佯装的雅士，污染的胸腔
淤泥堆积，不自知的丑越洗越黑
听，那枚猥琐的泪！

夏夜奔波于枯朽的残荷
捞一池碎鸡蛋似的冷月
意识的风波稀里哗啦地叫嚣

每个人都在遇难的途中
眸色微蓝，轻蔑的笑
像浮云一团团扯裂

隐秘处，邪佞的荣耀射落一片天

2022.7.31

海岛上

踱步于一场盛大的仪式
她并不安稳。持续的蝉鸣
经过成群的芦苇抛洒到海面
融入闪亮的静。海岛上
她侧卧倾听各种细小的声音
自然的巧手缝纫岁月裂痕
浪潮被风月缠上胶带
沙滩上的印迹一轮轮消失

逼近的气息像没有预示的台风迁徙
她站在危险秘密的脊背上够着风
数着熄灭的星星
一个村庄赤脚向她跑来
拍打着海鲜的唇，礁石烤焦
白日梦。一些人如此惊慌
因为遥远的不知情的轻
——失落缓缓地没入湿地
月亮亲吻她一半的脸

另一半像渔火，在漆黑中飘摇
一堆喧闹的词归于清凉

2022.8.2

在闪电的缄封中

如果一个梦被拴上缰绳
你心中的野马是否还会嘶吼
如果一道闪电劈下来
你可怕的愚钝是否会开窍
单行的光束下，雷声的破嗓
层层滚动着覆盖而来
这个夜晚抖动发白的身体
也向你追赶
你牵着一棵妖娆的树
投掷一串碎步，猛然扑倒的静
冒着烟——你茫然而立
被隔绝在光亮与漆黑的夹层里
如同置身流年的暗道
咔嚓一声，你被遗落
没有人发现你
你在人间做的一个梦消失无影

2022.8.16

灰色的窗

打开一扇灰色的窗，她打量我：
“你带伞了吗?”
“没有，我带了灯。”我的脸晕红
仿佛中了暑。她沉默，吞下药片
迷茫的眼神碎了一地

“忧伤不要再捡起来。扔了吧。”
我递给她灯，她推开，她说雨下得像正午的太阳
很猛很烈。我没发现雨水的踪影
灯的光亮闪一闪，熄灭了

我逃出牢笼似的房间
——什么都错放了位置，言语
不再是言语，什么都不是什么
都乱了，在飘，没有辨识的能力
她就是一扇灰色的窗
又紧紧地关闭了

2022.8.23

整个夜晚都在雨中

整个夜晚被压入雨水中
咬牙透露无奈的讯息
断裂的银线在灯光下缠绕脚踝
踏出的每一步都是破碎的惊呼

空旷像厚棉花堵住你的胸腔
即将风干的你依然隽美
你并不知道我从哪里来
怎么走到你的面前。我还在雨里走
踏出的每一步都是破碎的惊呼
你问：“暴雨是什么？雷电是什么？
艰难时期的沮丧是什么？”
我被雨水浇透，像悬挂昨天的
一封破损的书信
你拿下来翻阅，挡住我的去路
（哪有什么真正的去路啊）
用一遍遍的注视试图来修复

你那么年轻那么新
我绕开你，每一处触礁并不一定
由命运决定。雨继续下
整个夜晚错过了暗示的狂欢

2022.8.25

耳　鸣

你可能躺在天空的破洞里
可能困在残旧的铁轨上
抑或被一排蛀空的树横扫地面
你靠近席卷而来的困惑，竖起的耳朵
像海螺，密封黑暗的海，窜动着
规律的浪潮，一阵一阵，越来越急
而后由怒吼转为哭泣
耳朵旋转方向，不安宁撕扯着耳垂
无法形容的声音像咒语盘旋起飞
黑夜将你托起，搬运你蹊跷的躯壳
你旁观这一切，被世间灾难的鸣叫
暗算。你不强求交缠的耳语
甘于在打破的风格中沉沦

2022.8.29

月亮失事

你忧郁
因为你有一张忧郁的脸
你欢喜
因为你有一双欢喜的眼睛
你在橄榄树下种花
你把遗失多年的酒领回家
你的月亮，冲下云层的雪道
从玉壶春瓶中冒上来
你咬住滚烫的唇瓣

旧事如开张的新店
白色的命流窜如火
你躲不开收紧的网，月光如落叶
一片片飘零

2022.9.14　凌晨

镜子里没有别人

核桃树下的金黄理想
你一粒粒敲出来。逝去的糖
已经变味，你却还在为隐痛守灵

终究是一场梦。凉亭里孤独簇拥你
你与闹心鬼交谈，向台风讨要誓言
一阵暴雨接着一阵暴雨

贫瘠之上你的拥有亦是失去
一把珍惜的钥匙也未必能够洞开温暖
爱情的想象在纠错中进行
短暂或许更长久些
敞开的思慕里，你照着镜子

2022.9.16

一张罚单

一切都在每一天中
在流逝的词语里。枫叶的笑颜
卷起边沿，漫天的红扑入消极昏暗
我的面容像一张罚单
扣在雨刮器左右摇摆的彷徨中
一只手剧烈地扯下，我发现：
我的单薄没有痛悔的理由
弥漫的雾红艳艳的
都过去了，意外的美也是惩罚

这，这盲目的世界——
苍白、巨大，暮晚的钟声撞击祈祷

2022.9.19

你说，走远些

眼泪遍洒大地
像一粒粒尖锐的石子各处生长
你说，哀伤

战争拉满弓，一箭就是永生
耳边的风声像野马奔腾
脸上的黑雨像铁丝坠落
你说，会回来的，一个太阳飞过
的时候；一声呐喊充满意志
的时候；一行字完成的时候

你还说，走远些，尘埃会层层缚紧
剧痛分娩的爱忽然像烟花迸射
双眼流溢光华

2022.12.31

西湖咏叹调

一

晨光把蜷曲的身体拉直成一棵树
枝条像密集的神经，细腻、复杂
经过连通的甬道，墙上的挂钟踢踏着鞋跟
恍然惊醒：一个约会，准点在等候
一系列的快动作，击破屋子里晦暗包围的雾
繁荣的房子涂抹一层渴望的釉
——光鲜、润泽，神奇地变色
窗外事正在秘密地虚设战场
分与秒像铃铛悬于一个未知空间
空间的空白——
空白中的汇集：闪电，风雨，繁花
人影的变术……

二

雨丝偶尔断裂，偶尔连接

透明的符号游走着
母亲的叹息也是偶尔断裂，偶尔连接
我们像是处于一个独立的村庄，思绪弯曲
像折翅的蝴蝶
必须飞出去，无论以哪一种方式
是的，还有人在等待，代表着另一个世界
每一个人都是一个残缺的星球
弥补孤独像拼图游戏，怎么可能完整
瞬间，有此可能，为此我将自己
如同一粒石子似的抛出去
还有什么不敢于呢？尘埃的大氅左右摇晃
父亲不见了踪影，怎么可能完整
我沉默着，剥开紫芋头的皮，喝着麦片
玄关的灯在阴雨的白天划出一圈阴影
忽然困倦又袭来
但是我知道我要赶紧出门，有一个约会
我要赴约，没有商量的余地
加快速度，穿梭于各个房间，积极地
换衣服，施薄薄的粉，口红在唇间犹豫
束起的马尾辫起伏不安
椭圆形的镜子说：你的眼里还有忧郁的欲望

三

你翻阅我的脸
我们在雷池边戏水
你的轻笑在我的肌肤上种植禾苗
我不知道看见的是不是你
汹涌中，哀伤在欢爱的尽头退却
平息中，没有什么比此刻纯净丰美
还会发生什么呢
我们之外，叫嚷、哭泣，狂乱与荒芜

四

窗外是一片湖
一个暂时的码头，水拍打着水，无法靠岸
明天去哪儿，她问
去你想去的地方，他说
他们相视而笑，明天，多么奢侈的野心啊
他们展开讨论——性与爱，春天与死亡
“只是喝一杯咖啡的时间，他就不见了。”
“未必像你想的那样，可能是失踪。”
“都是离开，见不到，永远……”

好吧，她坐起身，从床上跨过他的身体
跑进窄小的浴室，莲蓬开花了
呜咽在体内像一个个水涡，轻溅出声
他用被子裹紧自己，他对她的认识颇浅
他想：一具美的胴体会因时因地产生不同的颤抖
不仅如此，还有痛苦

五

一个词语干枯了
——生命，无数的人曾寄居其中
然后消失，词语却重新恢复活力
我唯一的父亲走了，他穿过这个词语
——生命，像一个被扔掉的壳
父亲与另一个词在一起——死亡
——无声，特殊的无声，切割着一条结冰的河流

六

我们漂浮着
交换着汗液，你无力的手指战胜了怯懦
我们搅动着空气
燃烧的热驱散我们心头的冷

你替代我感知阳光
我替代你试探爱
我们相互覆盖，穿梭，紧密地相互折磨
我失去了我
你失去了你

经过对方得以喘息

七

“你在哪里？在干什么？”
杭州是一个驿站，怎么会来到这里
西湖水从我的指尖折射缤纷霞光
我凝望着孤山
灰色的雾充满我的眼睛
白色的鸟停栖在我的肩头
三潭印月像远古的法器
辟邪、解密、镇定山河，我的忧郁
是水草的倒影，疯长，美轮美奂
北山路是我束身的梧桐腰带
像是缠绕着万贯家财，金色，越系越亮
断桥蜂拥而上，鲜活的眸子热烈地逼视
我没有沸腾的勇气

羞涩、木讷，日日夜夜地懵懂不化
荷花大朵大朵地在天上盛开
天空的这面镜子啊，把我的心湖映照得瓦蓝
“你在哪里？在干什么？”
杭州是一个驿站，我什么都没做
做什么都是浪费
隐约觉得，时间是一叶小船，牵着我
爱在我的体内被烘烤得波澜壮阔
我却不知如何使用
我乐意，不作任何选择

八

我们驱车去良渚博物院
那里汇聚着远古的声音，声音的大海
将秘密珍藏得妥帖自然
玉回到石头，打磨的形状掀起端倪的一角
男欢女爱如潺潺流水，回到繁殖的意义
古老还在镌刻，细语还在壮阔
安静在此刻是清凉的，我们落入清凉中
暑热却还在门外吼叫
以上属于想象，假设有时也是猝不及防的
事实是：博物院围上了栏杆，告示牌写明

正在维修，我们错过，然后离开
你有一张脱离年龄的脸
不衰老，也不年轻，但时刻在咆哮
你的手像冰块一样凉
我握不住，可它寻求温暖，在推搡之际
声音的大海渗漏一串突兀的挫败音
像警报般刺耳，迅速地生锈、干裂
沉重地哀鸣……
一个朋友预料之外地飞逸出世
永别的声音完全不着边际
肃穆如此诡异
我不得不握住那只递过来的冰凉的手
我们急迫地彼此需要
世上似乎只剩下我们两个人
不论是谁，我都要握住
你的手暖起来，你的脸忽然寂静
我们像一对劫后余生的恋人

九

有些时候不适合见面
有些时候不经意地分别
渐渐知道，见一面不容易

渐渐知道，别离完全不能把握
即便是永久，也就是顷刻之间
即便是长伴，也不过是短暂拥有

十

自己，裸露着
与他的距离不仅仅是一张床
白床单上有扭打的图案
自己的注视放空
裸露，仍然不自由
鸡与狗的叫唤，一阵阵划破静谧的早晨
我的年轻如此厌世，如此苍老
他是另一个图案，镶嵌着触目的野心
我偷偷地将汗液拓上的自己——我的图案
风干，熨平
我们之间纹丝不乱，却比爱更骄傲

十一

都是枉然。孤独是家园
一个地方或更多的地方，却没有移动
还是我，很老，很小，随着万物更替

薄雾笼过来，又散开去
微微的蓝，壮阔如谜

尽是错误。偏见的香也是陷阱
没有实质的我，以及时间
零碎片刻，丰腴、哀艳
被梦的钩爪牢牢捕捉
天上的云散开去，又笼过来
注定遇见你
……

西湖布满了星星的眼睛
——天上人间浑然一体

2018.5

胜利剧院

一

夜晚的剧院，坚固、温热
青春与春天的混凝土紧紧地搅拌
剧院内部——猩红的幕布，灯的眼睛
窥视无处不在，置身于吞咽而下的世界
咀嚼，反刍的人影如婆娑水印
深浅不一，不定形地扩展、流淌……

他在剧院前等候
那时碧波上的船只如透明的蝉翼
那时群山巅的宝塔如轻盈的水柱
他交握的手掌，如月牙与月牙的亲密
时间还早，二十年前，未来虎视眈眈地
张望，一切似乎都可以把握

她来了，站在对街，好像她从未走到他的身旁
他隔着一条街的距离注视她

接着是一个湖泊的距离
剧院浓缩成一盏红灯笼，他望着被火光映红脸颊的她
一切已然难以把控。她的诉说很幼稚
她的成熟却如桃花接连开放
唯一的机会，在聆听的扉页上没有留下诗行

二

盘旋的阶梯——光线在爬坡
你的乡音由上而下地喷洒
像橄榄枝饱蘸的圣水洗涤忧伤的灵魂
“全新”是焦虑的全新，怎么可能过滤曾经
——迷途，怎么返回，洗净？
你是如此干净，尘世的恩怨一分都没有带走
白，没有疏漏，一尘不染地撤离
越剧的音符由上而下地喷洒
那是盛开的叹息

幕布垂落，像黄昏与夜晚的一道栅栏
你拿起话筒：“演出即将开始，请不要喧哗。”
寂静来到了，像一种破晓，微微的陡峭
给你的脸打上了轮廓光
戏中人在幕布后面准备，他们都饿了

他们要吃掉篡改的剧情

三

万圣节游戏。杀人游戏。二十年后的我们
在游戏的露台上吸吮疑惑，如同每一次的
疑惑一样，有关冒险有关财富有关美色
疑惑多么年轻，从来不曾衰老
而你的白发显露，前额也拉高了——
好奇的光斑不再停泊，密集的皱纹像刻痕交错
绕不开的苦痛还未被通报。时间的杀手
气度不凡——他在台上，导演一场演出
无人的海岛，鬼魅的别墅，弱小人物的
野性内心——争斗、攀比、买卖
危险的幽灵飘来飘去
观众也是演员，穿着便服，复制着台词：
“我们在拥挤的剧院里，我们是有思想的木偶。”
“好吧，来吧，说出你的想法。”
“真相，谁会相信呢。”
“那就不要开口，在你的嘴巴上挂一把锁。”
全场沸腾，猩红的幕布滚烫
哀伤煮熟了。萦绕的桂花香难以平定黑暗
夜在戏中裸奔

四

汴州的牡丹开放，在宫殿的廊柱之间
无声地绚烂。我像鸟雀飞舞
裙裾旋转着往昔——一个个被禁忌的爱的瞬间
不允许再次见到
你，褪去繁杂的事务，你的身体四处觅食
你的心跳不规则地搏动——空虚，在你
麻木的血管中渐渐丰硕，侵蚀了痴念
不允许再次见到
我，凤冠霞帔，雾的眼眸被泪水刺痛
一朵黑牡丹插在鬓角，一只白蝴蝶行告别礼
礼花响彻云霄，一重重的关卡
像一行行愤懑的针脚，嵌入我的肉里
相思是罪孽，阔别是深重的汪洋
没顶，从此失去你

五

睡了很久，睡眠的烽火殃及一个个城池
直到一个名曰杭州的地方，我骤然惊醒

我出生于一个舞台，面具与面具交错
胭脂、朱砂、熟褐、钛白……颜色像彩旗
飘曳。我睁开眼，紊乱了回忆
六岁时，我在剧院里飞奔，一个湖
荡漾在心间，远山净寺是高筑的乡愁
钟声荡起一阵阵迷雾
淡淡的一抹灰返青，撩开混沌，天蓝得惊人
我拼凑自己——碎影的光折射，无数的我
在各不相干的平行隧道里滑翔
摘下一个个面具，每一次转身
风中坚硬的核爆裂，云乌黑着云
你滚滚而来，不止一个你
我的逃跑是遐想的破堤，唯有脱离
爱的桎梏，个别的我才能自由

六

我认识了西湖的父亲
他是一位剧院首领，他拽着一艘船似的
拉扯着一个剧场的营生
他意气风发，勇敢、倔强
不被世俗绑架，为平凡的航线
开凿别样的风景

甘霖是他的坐标，戏曲是内心节奏
但这些都不能把他局限
他大声地喊我女儿，像是亲爱的救赎
当然我同时认识了西湖的母亲
借助他们的恩惠
我才得以生还，以重复忧伤的速度

七

从昨天取回一束光
在今天的池塘里种一缕风
身体是有记忆的
灵魂也有
荒凉弥漫，攻陷，念想渐渐凋敝

八

他将点燃瘟疫的火焰
城市在舞台之中，像冷漠的道具
爱情自燃，没有确切的对象
直到成为肉欲的奴隶

她被席卷，丧失了痛苦的能力

自恋也被孤独阵阵逼迫
她看不见自己，没有倒影，也没有
目击证人
哦，黑暗的瘟疫，她与火焰全部栽在里面
还有什么人，还剩下什么人可以逃生？

九

后台，父亲从一只鹦鹉的喉咙中跃出
后台，多棱镜里折叠出很多怪物
后台，驱魔者念着一长串符号
后台，一艘船挺入，涌出水沫与飞鱼
父亲在做指挥，母亲从远处赶来
似乎即将会有一场无限的相逢
事实是：等待无休无止
寂寥划破天空
暗礁，依然在梦海里陡立

十

她走上舞台，踏上光阴的滑板
身体成为一种气象
演员们从戏里走出，无神、疲倦

他们穿过她的身体
像穿过密布的龙卷风
然后伸展出屋宇，伸展出道路，伸展出
蝙蝠似的月亮
好些不必要的事物正被她拥有
好些多余的兴趣正被她消遣
然而，她郁郁寡欢；然而，她下坠

——身体的门半掩，灵魂全然敞开
像一个胜利的剧院悬于凌空悬崖
失重、晕眩，她纷纷扬扬地游出来
仿佛回到美好中

2018.10

微物之旅

一、不需要食物了

银色的瀑布奔泻
一滴水追逐另一滴水
闲坐码头，我的渴望是无声的
——不知道取舍，看不到路
任由宿命冲洗我的头发，任由无尽的未来
抽打我。我不在我之中
攀着“我”的臂膀，不希冀拥有更多
我其实什么也不需要。却有闪亮的眸子
射向我，像一把闪电
劈开崭新的方圆。我不在你之中
——虚拟的你，众多，没有预言没有堤岸
不竭地摇晃，面容失去了五官
我的动机一再失算

食物是什么？往嘴里拉一条锁链
输送营养。咀嚼的运动拉响晨昏的警报

动物的肉，蔬菜，果实的汁液，给欲望
投去口粮，咬合的滋味满足了生理空洞
时间在浪费中弥漫，垃圾垒成了山
柔软的唇一顿顿地被磨损
说出或未出口的话迅速地老去
一只只胃在聆听，慰藉依然是
落空的选修课

我很饿，难道只能通过吃的方式才能解决？
递给我食物治疗我体内的空无一物
我吃我喝，一会儿吮吸一会儿狠命地啃
停不下来，接着爆发了哭泣——
同样无法停止。推开，不需要食物了
没有食物可以充饥，也没有食物滋养我
正如斜坡上的你只适合滑落
我，不适应摄取，只是轻轻地飘扬

二、不需要衣服了

我已经逃跑了。她还在，她是偏离
她是再造。她不知道我在哪里
谁又知道呢？即便是我本身，也微小到
可以尽情地忽略——约等于无

却狂烈得没有边际
她在照水镜子，像梦的正反面
她陷进去，一具热胴体，散发清香
他们给她披上衣服，哦，她惊诧：
“为什么要遮盖我？”
棉麻、丝缎、动物皮草装点她
探出脑袋，立即被扣上帽子
它们是什么，一块块地包裹，像拼凑的膏药
遮挡她的裸露。真实的面貌在削弱
高跟鞋抬高她，她并不因此看得更远
围脖像毛毛虫蠕动，她并不觉得温暖
穿上脱下的层层布料为她遮羞
遮羞是什么？裸露是羞耻的吗？
她终于像一个正常的人，性别女
——这反而让她混乱——管束身体的时候
飞驰的云状的情绪受到裁剪，产生了思考
思考是什么？规范又是什么？
一颗星子擦过额头留下血印，骇人的遭遇！
他出现了，性别男，穿着合体的衣服
笑容像明天，她却看不透他
他被围困在各种物质与思想的藩篱中
更像一头猛兽，可他的笑容像明天
她无法因此接受他。他披挂着凶猛气息

一步步靠近，她发现衣裳下的身体开始颤抖
他说：“不需要衣服了。”
他剥掉被缚的外壳，撕碎她的包装
她显露出来，他也显露出来
但远远不是全部。也不是赤诚相见
在变化，装扮过的她已回不到过去
过去的他，也已涂满阴翳
她问：“你要什么？”
他回答：“我想和你一起飞，彻底离开
这个荒谬的世界。”

三、不需要睡眠了

明天不常有。通往明天的睡眠里
时间是袅袅的轻烟，曾在也不在
像生存的原来——
经过夜游缓慢地苏醒
呓语、牙齿与牙齿的打击乐、陡峭的鼾声
黑白意象，像大脑内存的空间抽屉
从睡梦的锁孔中乍现怒放的幻影
像另一种真实。可是，他退却
漫长的潜意识的支配中，蒙太奇的剪辑
颠覆了他惯常的认知

他因而迷失：断续记忆的折磨
误入的罪孽，以及还未降临的惩罚
像鬼怪呼啸——
变形的沉溺，痛斥他的灵魂
直到现实与梦境连成一片，他恍然被埋没
砍断哪一部分呢？必须缩短惶惑的旅程
不需要睡眠了！失眠正攻陷他
像全然的接受，或者全然的放弃
飞云掠过天空，飘摇的形没有影子
也没有时间——像自由一样
清醒，像自由一样豪放

谁还在一遍遍地睡去？
风晾晒火焰，谁还在拨开迷雾？

四、不需要性欲了

以为就是这样——覆盖或躲藏
在另外的肉体里。他无限地伸出手
拉长了焦渴的呼唤；她的身体像容器
不知道该安放什么。如同一片荷叶上
的雨滴，滚动、联结
但又充满隔阂。她触碰他紧锁的眉心

留下一抹槐花香，但这很是不足够
他要求更亲密地发掘她，探索更深的震颤
似乎交融才能焕发新绿与嫣红
才能疏解焦灼——哎，这黯淡的尘世
转动起来吧，加快速度，俯冲、飞翔
终于拥有了出口。在急迫气息的传递中
交换液体，交换秘密癖好
交换僻静甬道的通行证……
然而他们彼此流失，汹涌的情欲瞬间凋敝
似乎没有什么可以阻挡，忧郁也如此纯粹
他们因而达成犹如毁灭的极乐
像一场悲壮的仪式
发疯似的舔舐一串享乐的口诀

使用过的身体没有破绽，开合之间
孤独是冷的。取来的是什么？
失去的又是什么？像是失衡的完整
直坠，消散，片片欢娱也是冷的
不需要性欲了——
攻取与索求一遍遍弯下腰，波光逆流
岑寂响彻天空

五、那么爱呢

瞧着这一些，我可能是她或他
不一定是，或者混淆
我在掩映的斑驳光线里，不需要被辨认
这反而成全了我。最近我的身体
出现一点问题，精神也有些萎靡
这都是不得不承受的牵绊
——根源却是爱。爱是什么？
爱是真相吗？
白鸽立于肩头，钟声如滚雷滑向湖面
人面如饵，善意被岁月的鱼竿拖上岸
美微微地惊悸，天地如两瓣唇亲吻四季
我在跳动，被细小的感触左右
隐遁的荒野让我显形。我什么都不是
却进入爱——吞下一粒鱼香药丸充饥
把黑夜当斗篷，独自穿过滚滚尘烟
一个声音像喷泉开花，将我浇透
无数双眼睛醒来
心跳蹒跚学步
花朵在石头和石头的夹缝中燃烧
我出窍，进入爱。爱是什么？

爱是真相吗？爱是不得不承受的牵绊？
我愿意回到从前，心里空无一物
像自由一样清醒，像自由一样豪放
世间无我。悲悯掠过之地
草木是凉亭，冷却的呼吸一茬茬地明亮

2020.11

大 梦

一

请，请填写入梦申请
天堂与地狱都属于梦的领域
凌晨，我不耐烦地进入睡眠
被白日梦折磨的残痕也蔓延开去
各种元素磨着尖牙齿
搭建天空和房屋，制造笑容和愤怒
然后把一个古堡偷渡至梦的边境
请，请填写入梦表格
无名古堡，无名事物，无名人
无名记忆，无名痛苦，无名的爱恨
一系列的无名被挡在门外
事实上有名终归是无名的幌子
像花边新闻无关紧要
请，请进入梦乡驿站
我到达古堡，古堡里有环形广场
有下陷的舞台，有鹦鹉守门的秘密会所

"开阔"这个词击中我的脑袋
接着是"温暖的喜悦"
节奏缓慢，动作轻盈，一些人还在赶往这个梦
我不着急，没有期待什么
总是这样——落空的陷阱让我学会
不再期待。因而我的不快乐也像没有根
飘浮得没有分量

二

"别拦着我去追那轮月亮。"
月亮在梦中，在水里，碎银似的水沫
围着它跳跃
酒在他的脸上开花，自行车在他的胯下
变成一匹神马，向往的自由在飞
经由内心的牵引，感官的枝蔓怒放
女人坐在礁石之上，那石头也是神马
夜晚的景象流动
醉酒后的眼睛从混沌中寻见一道光
乍然清澈。他往前飞奔
开垦着波浪，开垦着想象
庞大的虚幻——多么神秘的真实！
眼前的美让人发慌，他可以

舍弃明天，只要此刻的月亮
“别拦着我，我要追那轮月亮。”
“什么？你说什么？月亮陷在黑泥里了？”
可是它在前面，不在天上，只在水中沉浮
像一种预示：蹚着危险舞蹈
意味着什么？月亮是一艘船，它停靠梦沿
无论怎样变幻，它仍是整体
即便是缺憾之时。没有意味，也不论美丑
他胯下的神马继续飞驰，他凝望那轮月亮
月亮就充满他的一生。他瞬间克服了
明亮的惆怅

他终是没有挨近那轮明月
堵截他的喊叫拉回他的神志
但足以让他感受世俗的恩宠。他没有
离开那个梦，还在梦里徘徊
某年某月的某一天，他满怀死亡的决心
投奔的月亮，并不记得他

三

要的就是这一刻
你也进驻了这个梦

你是滚烫的，并不是体温，而是目光
你拖着炼狱的枷锁，一只脚迈进来
另一只脚悬挂在暗处，神秘地啼哭
谁都不介意你分拆两半
每个人都有拆装自己的手艺：
一面，另一面，很多面，有时忘记了
亮出的是哪一面，哦，当然也有多条腿
可你认为自己是单纯的老实人
（哈，此处该有掌声）
你只是被绑定在人间的这颗毒瘤上
因而分不清是活着还是死去
循着落叶树的根茎，你过渡到梦中
你不得不拍打四周：
“都是小鬼，在哪儿都有。”
你的另一只脚还悬着，疑似惨案
跑起来吧，那只脚在半空跟随，像惊叹
你看见了她，她的心关在铁笼里
她的梦在巡逻，像看守
你的目光滑翔，滚烫，刺入她的肌肤
她的嘴是鸟巢
你残缺的吻不受控制地想要回家
突然，你的另一只脚砸入她的怀中
她握着它像握着一把手枪

她瞄准你，用你身体的一部分
麻醉痛苦，继而发生更大的痛苦
谁会伤害谁？你在风中凌乱
不知道该夺回那只脚还是该把她
一把拉过来，嵌入灵魂
好像是一个选择题，其实又不是
她和那只脚都是你的一部分
都经不起丢失。可是缺憾啊
不是时时刻刻都萦绕着吗？

你冲向她，落下无尽阴影的鞭痕
她和她手里的那只脚与你一起枯萎

四

他们都来了
没有漱口，没有净身
披着凡俗的七彩云裳，吹着口哨
袒露着欲望。抹一把脸上的阴霾
剪一截心灵的相思，孕育一面镜子
在蝉蛹般的呓语里烙一首诗
点亮的寂静恍若美梦

坐在台阶上的女孩，数着涌进来的
梦中人。一些符号飞撒空中
钱串子鼻环，蜡梅香的耳垂
糯米假笑，裹着雷电的怀抱
剧烈扭动的细腰，被伤疤文身的手臂
……他们的语言哑了，他们的哀伤聋了
他们无法控制自己，究竟在哪里
对于他们也是个谜。可是他们在行动
从空空的口袋里掏出零碎的爱
像分发糖果似的，送给沿途的游魂
一串串的游魂像花灯，像树木
像湖面破裂的坚冰。自然轰鸣
音符如秧苗插落泥土，梦缠绕着梦
小女孩站起身：“口袋是空的，什么也没有。”
游魂纷纷侧目：“把没有的好酒都端上来吧！”
“唱没有的歌，跳没有的舞。”
“睡没有的觉，爱没有的人。”
来吧，还等什么呢？
没有的都来了

五

我们的拥抱没有留下印痕

倚着风中的一株枫树
红叶的呼吸浓烈。我们的梦不再对外开放

梦里下起了雪。雪片像一缕缕银丝
网住了光束。暗夜，白雪
捂着有点醉人的美，我们的抵达
经受了沉溺与忘却

2020.12

沉吟录

一

隐去几个小节，你把自己放到一盏灯下
菜肴在尽头的空无中
窗外的银杏树在风中流成一条河
你是来访者，也是谎言的庇护者
你在别处的犹豫中加深逃避的睡眠
你的恳求装饰着美瞳
你瑟瑟发抖，在无法平衡的欲望里
撬开可怜的思想，将无奈与前途兑成烈酒

没有人坐在你的对面，没有人在你身旁
躺下。你散开的四肢勾缠着黑夜
睡梦中的鼾声像剪破的窗花，摇摇欲坠
一缕光搁浅在叹息的墨色中
还未说出的话，不再有做梦的机会

二

路很远，他给我梳好辫子，把我
抱在怀里。他的怀抱是一个山河
一个星空，一轮滚烫的太阳
我的脑袋耷拉在他肩上，我咬着手指
看泉眼里奔腾的星星冒上来
看树洞里古怪的脸庞挤出来
其实我并不知道各种事物的名字，我只是想
嗯，不存在想，我随便什么进来
来我这个地方，对，我是一个地方
和他捆绑在一起。他很大，足够包容我
我是他镶嵌的一颗牙齿
我是他气息音的尾巴
我是和他生长到一块的一匹瀑布
我在他身上画明天，写简朴的喜
他全部地接受我，用悲剧的狂热
加强对我的肯定。我欠他很多
每一天乘以大海
每一刻加上永远
但我还是走丢了。因为认一双远走的草鞋
作为亲戚

三

从何时起，她加入了荒漠
被注入新的时间——
那是一场殊死搏斗，在她小小的体内
谜敲打着鼓
从何时起，她被赋予新的定义
她感觉不对，她是旧有的忧郁
在忘却中燃烧。是的，忘却
她必定见过忘却的人事
忘却在后退，像交错的道路迅速地蜕皮
什么都不受控制地
消失。可是，她的灵在感觉
她无法忘却忘却本身——因而她明晰忘却
产生于记得，因而她相信记得
在闪烁的途中奔向幸存的故乡
因而，她的记得在忘却里深深扎根
她依赖忘却甚于记得
她不是独自一人。汇总到她身上的
光影，透露复合的音讯

四

一叶小舟将你运来
你的腿上捆绑着浮云，像灌了铅
那么重，你受虐般地享受
只为了奔赴一场会晤
刺耳的声音穿过你的耳膜
你的哭泣越了界。心头的痛苦
没有了支撑，也是一团浮云
在你的精神周围徘徊，像灌铅的翅膀
你的来到注定了受苦
一种压迫中，你探出头看此地的风景
像戴罪下降，你的执念碎裂
又从各处明晃晃地一路找来
拼凑、窥探，还原久远的烈火
空寂的残山将你阻挡
熄灭的剩水将你刺伤
你偏离了初衷，一步步踏响阴影

五

他们掘一个通道

从远古的迁徙之路到网络电线
他们闻着荒诞的肉香，把一坛老酒打翻
物质蛾子纷飞，审丑陋的美
每一日的春天，飘下落叶
每一夜的严冬，裹着虚设的恩情
他们什么都不缺
却什么都不属于他们
他们什么都没有
却还要以获取的方式再失去
好像为了失去，他们更加欲念勃勃
他们捉迷藏，掘一个通道
像陨落一般直接被吞没
他们转过身，眼眸里的言语
被燃烧的雨雾冲散了方向

六

我的世界留下极少的人
孤独似火

七

一块琥珀里埋下伏笔

你构筑隐蔽的巢
不安稳的睡眠里，你驾驶飞机
飞往极致天涯
咆哮的雪片在机舱外飘洒
你的鼻翼长出兰花
那个女孩，从谜的窄巷里滑落下来
被你的爱接住
可你不知道拿她怎么办
同样地，她望着你在世事的纷扰中
顺着浴缸的水流走
她从来不想抓住你。同样地
你也抓不住她

飞机停在床上，人间的一张大床
像土灶台被火炙烤
你无法经由她突围
同样地，她也不能。滚在忧郁的边缘
惊恐让分离张大了嘴
翻滚吧，舌头；翻滚吧，焦灼的疼
地震、起火、覆灭
她和你一起打滚
天昏地暗，她飞出去
你大汗淋漓，在无言的唇上蒸发

八

码字。字写在你的脸上
问询，试探，踮起脚尖挠痒痒
电话。警报。病态的时事
定位捕捉
蒙着面纱在炼狱里沉浮
吃一颗药丸，臆想无限沉溺
机会——赤膊上阵
爬山、蹚水，凌乱的裤腿
像投降书

冷峻的礁石
吹弹得破的意志
顺势而下的诱惑，扯破一团嫁衣
放弃，痛哭，紧急转弯
刹车……
又是早晨
又是夜晚
一转念，你就失去了我

九

在一件件接近的事实里
紫色绣球花拼命撞着墙
夏天冉冉升起
事实还在迷宫里打转
脸与脸的对照中，一面镜子迸裂
我该与什么结盟？
我是不是该说得少些，更少些
分析，探究，交换认识，可能只能是
回旋的暮色之雾
我将敲响疾驰的钟声，伸手扶起一滴水
将沉默托付于信仰
生命曲线悬于时间之树，像刀刻的网

一把沙追逐我，我的飞奔跌落漩涡
我趋向省略的美
咬紧松绑的动词

十

“放下执念。”

“为什么？我们不是为了执念活着？”

“痛苦是存在蔓延的杂草，除掉它就要放下。”

“放下不是执念吗？光亮从苦难中破晓。”

“不求什么，你会轻松些。”

“遍布的荆棘，难道不是前行的动力吗？”

“清晰会让你犯错。”

“错误不是一盏灯笼吗？糊涂不是清晰的预言？”

“哦，你是带刺的玫瑰。”

“我的推拒是简化，繁复的文明太闹腾了。”

“所以，安静下来，不要给自己设计壁垒，
顺从自然。”

“如果自然不自由呢？”

“自由也是执念，我们在轮回的追捕中
有时你是良民，有时你是杀手
活着的代价是制造麻烦，然后引来
遗憾。遗憾呀，也不过是错觉。”

“那为什么我们还甘愿活着？”

“因为你在不可捉摸的万物变动中担任一种微小的可能
——你看见不被看见的
却并不知晓。”

“你是说我们被无知操控？”

“是啊，可怜、愚蠢，还自命不凡。”

“可以依赖爱的救助吗？”

“爱？恨的能量不比爱的能量弱，你有平衡的自信吗？”

“又说回来了。激烈的情感还是执念。”

“可是你不放手。”

“是的。艺术的创造脱离不开这些
越受困，越煽动艺术的火。”

“艺术算什么？”

“什么都不是，什么都是。”

十一

打开门，放一盆阳光进来
你说是一盆火，碰一碰会熄灭
站在历代的边界，一场场迁徙
硝烟滚滚。你的意识游离
破绽一轮轮地打开你
你站到一盆火里，在焚烧中体验绝望
与激情，直到虚假的盛世将你颠倒
你随时会倒下，倒在女人融冰的双眸里
两汪水，深深锁住你加密的远方
你并不能触摸她
她是攻克不了的迷局
你是第三性别，或者第四，动物中的人性
最疯狂——它出现了，非人非魔

它取黑暗的唇色涂抹你
它饮你亘古流动的血液
它复制毒药，分裂你的意念
你随着它起伏，被蛊惑，涣散的神采
纷纷断线，它握住你的腰肢
像握着一缕青烟
你差点消失在尽头。它或许就是你
——垮掉的可怕力量，你不能放弃
它对你的伤害。你中了自己的箭
而那个女人，水的眼眸，没有一丝动静
你并不能开启她
她不像一个整体，已经摔碎了
你捡起她的碎片在身上划出几道血痕
仿佛你们联结在一起

黑黑的天，黑黑的风，黑黑的月亮
黑黑的你在黑黑的归途中
呵，你会回来得太晚，还是太早？
那在等待着的囚徒啊
塑封了剪影

十二

往河道里插落影子
与岸上一排破败的芦苇
一起摇晃，歪歪扭扭的歌声
被闪电的蛇身缠绕——窒息，白亮夺目

十三

我们没有醒来
我们还在另外的时间
我们从酒中醉梦
我们用莲花洗眼睛，黑与白
像字符落下来，明暗了光线

我们，弥漫着生存的芳香
我们，穿过他们——无数的我们
在一截黑暗里亮起来
像火车穿过隧道，驶向油菜花海洋
——疯狂给我们接种蓝
理智从我们口腔里提取真言
我们的脸在日落之前垂落

我们，采一把镜花装饰风月

我们，在豆芽似的逗号间谱曲

我们，白了的嘴唇映照着寂静

我们，不再是我们，不再有我们

——呐喊声在干裂的大地上流窜

十四

她的快乐是端着托盘吃着榨菜月饼

独自仰头看中秋圆月的快乐

她的忧虑是一些不知名的隐患

拔腿在她身上移动的忧虑

她的老去是难以抑制地迎上前

向更年期鞠躬致意的老去

她的青春还站在窗前，用娇媚的笑声

啄开镜子的一块回忆

她和自己谈判，拿出逝去的为数不多的

动人秘密——仿佛它们真的出现过

也可能只是面具的主人

她对自己的挑战是局限的

她和任何人没什么分别

即使是曾经让她感到厌恶的人，她也从

那些面目中找到自己的影子
她忍住对自己的嫌弃，尝试着去喜欢
那些曾被她忽略或看不上的人与事
她和任何人没什么分别

她在一所大房子里安置余生
上午在会所合唱团唱歌，下午搓麻将
间歇性头痛，依赖偶尔串场的男友来诊治
她似乎从富贵生活中窥见了一丝缝隙般的天光
这么一说，她好像活在牢笼里一样
“是的，每个人都有一座牢笼。
有的锁打开了，有的一辈子关闭
什么是好呢？也不一定不好
不明确可能是一种机遇。”

她进入幽径，撬开心底的保险柜
里面什么都没有
她显露的白发摇撼着金色智慧
“时间不翼而飞了，不能保险
也不能保鲜。我被骗了
当然我也是一个骗子
你看着我干什么？你同样不算什么。”

看吧，看吧，一寸光阴竖立成断崖

十五

天上飞的，飞起来
地下滚的，滚起来
金钱的磨，推起来
权力的眼，疯起来
阴谋的婚姻，燥起来
走歪的路，乱起来

孩子的梦，升起来

十六

地震的夜晚，说点什么呢
你通篇说的都是鬼话
这有什么意思呢？你说有
好过什么都不说

我却不想听，自然的音符透过指缝
在头顶循环成立体声
我静坐，不断地下沉

废墟一瓣瓣地断裂

星辰一幕幕地陨落

你走了，跑进更大的震动中

你还是不会说人话

你讨厌自己身上显著的那部分人性

你走了，在警报声肆虐的爆炸中

——很痛快，你四处飞溅

没有天地可以承载你

你飞扬，一点杂念也荡然无存

十七

都搞坏了。一开始，他并不

以为会搞坏。直到他和她絮叨

“搞”字，他知道这是个问题

“我搞生意。”

“你搞出啥名堂了？”

“瞎搞搞。”

“又和谁搞上了？”

“怎么搞，也搞不清楚。”

“搞大了。”

……

一搞起来就像很牛
又有点颓废，有点随意，有点促狭与解恨
还有点自嘲
一搞起来好像就很动作
活着，搞着，岁月摇响阵阵风雨
都搞坏了，又怎样？

十八

我没有办法不写些破碎的诗句
我继续，一再地继续，因为无聊
不要不信，真的没什么高贵的意志
高贵没有出路，而且死板
无聊是通常的，有着苍茫的气韵
它细巧，无孔不入
在空泛中滴水穿石
它越来越包围我，当我被各种看见
或听见折磨，而后进入探究的
死胡同，无聊瞬间打翻了花盆
我被笼罩，缩得很小，被倒扣在
庞大的无意义中
真相挨得很近，却依然不能亲近
就像真爱一样：飘忽不定

一切都没有定论
这使得怀疑变得可靠

我写些破碎的诗句
词的万花筒
词的变脸
词的拥抱、死亡，以及再生……
词彻夜的寻找，词缀亮的天空句式

十九

如果假比真更接近事实
我会拉开脸的挡风板，直视风沙
如果丑比美更逼近未来
我会解开胸襟的防护带，怀抱泥石
如果恨比爱更迫近秘密
我会掀开红唇的丝绸，亲吻雷电

幸好我只是个比喻
在不可描述的芜杂中
你又怎么奈何得了我？
我是个玩笑，看上去很正经

二十

想念一方窄小的天空
想念少有人迹的小径深处的泡桐树
想念一双跳跃着惊喜的眼睛
想念扯掉的日历
想念空荡荡的早晨，别扭地佯装清醒
想念生硬的对白之间拉远的身影
想念笨拙的姿态，想念羞涩的吻
想念离愁滋长的想念
想念牵绊的琐事
想念不能回头的路
想念对立的我，布满光明的伤痕
想念飞鸟似的萦绕着我的你
想念明天
想念在文明与疾病中翻滚的时代
想念忧郁煽动的理想
想念明亮的瞬间
想念幽暗，想念冲突
想念追逐想象的分秒
想念诞生

二十一

我们知道得不到
“拥有”只是一只空瓶子
我们的双手胡乱地抓，就算很有计划
也一样。抓，积极的动词——
生命力的张扬

又有什么需要得到呢？
来过的，走远的，折回来的，拐弯的
消失的……充满我们，消耗我们
我们遍布空寂，全部地没有
——我们跨越得到
我们的微笑是海洋
死亡也隐没成永恒

二十二

走了一段弯路，你回来的时候
已是黄昏。分辨不清的段落里
你充当了心理医生
心疾是一本旧账簿，也是早慧的孤儿

你游荡，被落魄关押在相思之苦里

你理应果断，或者无情
你的嘴里有咬断的桂花枝
余香依然扑鼻……
在这世上没有多余的坏事，和好事一样
忽然地来，忽然地去
因果在一场梦里端坐

二十三

她不信，以不信的姿态摇摆
她不信，因而大胆或脆弱
可是她多么渴望相信

她在空中筑楼阁
她在人群中叫不出一个名字
她的眼睛不说谎，但会躲闪
不怕，她的心道出真实——
这更可怕，信任的栅栏纷纷倒塌
荒凉的冷眼无边际
她宁愿不信。至少她的眼眸是干净的
内心的虚席落满金色灰尘

二十四

那株栀子花不见了
每一世，它都开在他的窗前
他想大事不妙：仅存的线索
断开了，他却还不知背后的隐语

那株栀子花用白脸庞打落他宿醉的燥热
它的贝齿撬走他的叹息
它将喷香的身体裸露，他的爱
从未把它污染

那株栀子花竟然不见了
他寻找，跨出的每一步闪现幻影
他身体里隐藏一座孤山
怎么绕也绕不过去。他寻找湖泊
寻找水，寻找漩涡
寻找俏生生的一张白脸
他想不起白脸的主人：是她吗？
那么多的她都在赶路
他追不上真正的那一个。她是谁？
打乱了步调，他忘却自己在寻找什么

那株栀子花蚀骨的香，生出悲来
香气凋零了
悲，肆意地奔放
他的栀子花，加剧了苦难的妖媚

二十五

瓢泼大雨的早晨，像黑夜降临
断桥与保俶塔在风中飘摇
划出一道空心的闪电
雷声像石头炸裂
柳树柔软的眉梢掠过恐惧与不安
一摊摊的水渍里浸泡一角高楼与一弯天空
浇灭的蝉声依旧狠狠地碾压激荡的湖面
越过藩篱的小伙在逃离
他在想象中划动一艘船
他站在源头，无路之路像火焰开花；
他在逃离，逃向末日——
蓝色浪漫的曲调盘旋于耳，倒立的果实
行走在沙地上，野生的智慧
再也不会枯萎；他在逃离
他偷窃声音，从地球外部搬弄禁言

背负一池荷花争渡……
画外音：精神病，精神病
精神点火，换个空间燃烧
另一类绝望开始滋生

对岸下着瓢泼大雨，只有黑夜没有白天
对岸有个女孩呼唤植物
立志不与人类发生一丝关联
她禁止小伙入内
小伙："我什么都没有剩下。"
女孩："还是太多，你还想着活出来
你的肉体，你的灵魂，这都是负担
我承受不起。"
小伙失神，暴雨将他完美地沦陷

二十六

所有的问题都是为真相提出的
然而没有真相
这使得荒谬成立
那么真理呢？
它是危险的种子，它的行径不受人类摆布
它的精准受制于客观

二十七

让抚摸来爱你吧
像琴键，黑白分明地弹奏你
管形乐器，迷惘的蓓蕾，蒸腾的猩红水雾
加料的雄黄酒挥舞的小鞭子
过堂风里迅疾摆放的夜色与晨露
闹钟倒退着未来
抚摸没有手没有脸，心电像乐谱
在白沙似的肌肤上嵌入节奏
禁区的门口贴着喜字

进入，拂开茂密艾草的阻挡
往返于港湾或异地
进入，撤除镇定，激情穿越雨林
显出原形：
没有手没有脸，让抚摸歼灭你
不要脸，不借助尊严的形式
不要手，不依赖权柄的手段
进入，群山耸立，深情地活泼一枚红豆

二十八

好色之徒和暴力分子用一场酒水洗脸
用做旧的天空作被子
用滴血的感官变态气候
好色之徒："我最坦荡。"
暴力分子："我最直接。"
他们抱着膨胀的根本，将一副副嘴脸
掀翻在地：
"都在同一条船上，捞鱼吗？
滚蛋，你配吃鱼吗？整钱吗？
滚蛋，钱啪啪打你脸。你还偷？
偷什么不好你偷荣誉，偷什么都不该
被你理直气壮地去偷，滚蛋
谁是谁谁也不知道。行了
都在同一条船上，玩点啥开心就玩点啥
把自己玩死拉倒
哎，都是悬而未决的惨案哪。"

同一条船上的人，有的落水
有的游向彼岸，有的还在船上
扮演英雄与懦夫

二十九

我还不能回到你身边
我的简史还没有摒弃拙劣
漫漫无边的跋涉，还没有走出原地

我还在消极地思想——
这与积极的行动同样可怕
还在增长见识，你可能会发笑：
“见识是什么？根本上不了台面。”
是的，我还很幼稚，还在低级的
生存台阶上踮脚仰望
不是为了抗争，而是内心充满悲伤
是的，我还在悲伤，为此我的眼眸
蓄积了闪烁的暗影
我还在写诗，还在贪恋或悲悯中
测量爱的边际
还在艺术的浇铸下一遍遍地解释美
美是要有难度的，却从不要求添加注解

很遗憾，我只能还是我
我是你可忽略的疼痛

某一日，你在我体内忽然轻叹：
“那么多荒唐事，
也阻止不了你的盛开。”

水中的镰刀
尘土里飞扬的假面
无用的专注绽放喜悦

2021.6